Tucholsky Wagner Zola Scott Sydow Fonatne Freud Schlegel
Turgenev Wallace Fouqué Friedrich II. von Preußen
Twain Walther von der Vogelweide Freiligrath Frey
Weber Kant Ernst
Fechner Weiße Rose von Fallersleben Richthofen Frommel
Fichte Hölderlin
Engels Fielding Eichendorff Tacitus Dumas
Fehrs Faber Flaubert Eliasberg Ebner Eschenbach
Feuerbach Maximilian I. von Habsburg Fock Zweig Eliot Vergil
Ewald London
Goethe Elisabeth von Österreich
Mendelssohn Balzac Shakespeare Dostojewski Ganghofer
Lichtenberg Rathenau Doyle Gjellerup
Trackl Stevenson Hambruch
Mommsen Tolstoi Lenz Hanrieder Droste-Hülshoff
Thoma Hägele Hauff Humboldt
Dach von Arnim Hagen Hauptmann Gautier
Verne Rousseau
Karrillon Reuter
Garschin Defoe Hebbel Baudelaire
Damaschke Descartes
Hegel Kussmaul Herder
Wolfram von Eschenbach Dickens Schopenhauer Rilke George
Bronner Darwin Melville Grimm Jerome Bebel Proust
Campe Horváth Aristoteles Voltaire Federer Herodot
Bismarck Vigny Barlach Heine
Gengenbach
Storm Casanova Tersteegen Gilm Grillparzer Georgy
Chamberlain Lessing Langbein Gryphius
Brentano Lafontaine
Strachwitz Claudius Schiller Kralik Iffland Sokrates
Bellamy Schilling
Katharina II. von Rußland Gerstäcker Raabe Gibbon Tschechow
Löns Hesse Hoffmann Gogol Wilde Gleim Vulpius
Luther Heym Hofmannsthal Klee Hölty Morgenstern Goedicke
Roth Heyse Klopstock Kleist
Luxemburg Homer Mörike Musil
La Roche Puschkin Horaz
Machiavelli Kierkegaard Kraft Kraus
Navarra Aurel Musset Lamprecht Kind Kirchhoff Hugo Moltke
Nestroy Marie de France Laotse Ipsen Liebknecht
Nietzsche Nansen Ringelnatz
Marx Lassalle Gorki Klett Leibniz
von Ossietzky May vom Stein Lawrence Irving
Petalozzi Knigge
Platon Pückler Michelangelo Kafka
Sachs Poe Kock
Liebermann
de Sade Praetorius Mistral Zetkin Korolenko

Der Verlag tredition aus Hamburg veröffentlicht in der Reihe **TREDITION CLASSICS** Werke aus mehr als zwei Jahrtausenden. Diese waren zu einem Großteil vergriffen oder nur noch antiquarisch erhältlich.

Symbolfigur für **TREDITION CLASSICS** ist Johannes Gutenberg (1400 — 1468), der Erfinder des Buchdrucks mit Metalllettern und der Druckerpresse.

Mit der Buchreihe **TREDITION CLASSICS** verfolgt tredition das Ziel, tausende Klassiker der Weltliteratur verschiedener Sprachen wieder als gedruckte Bücher aufzulegen – und das weltweit!

Die Buchreihe dient zur Bewahrung der Literatur und Förderung der Kultur. Sie trägt so dazu bei, dass viele tausend Werke nicht in Vergessenheit geraten.

Negerkönigs Tochter

Otto Stoessl

Impressum

Autor: Otto Stoessl
Umschlagkonzept: toepferschumann, Berlin

Verlag: tredition GmbH, Hamburg
ISBN: 978-3-8424-1373-3
Printed in Germany

Ziel der TREDITION CLASSICS ist es, tausende deutsch- und fremdsprachige Klassiker wieder in Buchform verfügbar zu machen. Die Werke wurden eingescannt und digitalisiert. Dadurch können etwaige Fehler nicht komplett ausgeschlossen werden. Unsere Kooperationspartner und wir von tredition versuchen, die Werke bestmöglich zu bearbeiten. Sollten Sie trotzdem einen Fehler finden, bitten wir diesen zu entschuldigen. Die Rechtschreibung der Originalausgabe wurde unverändert übernommen. Daher können sich hinsichtlich der Schreibweise Widersprüche zu der heutigen Rechtschreibung ergeben.

Text der Originalausgabe

Negerkönigs Tochter

Eine Erzählung

von

Otto Stoessl

München und Leipzig
Verlegt bei Georg Müller 1910

Aus dem Sitzungssaale der ethnographischen Gesellschaft zu Wien trat ein kleiner, etwas untersetzter, aber recht beweglicher Herr, wischte mit allen Zeichen von Erschöpfung und Mißvergnügen den Schweiß von der Stirne und blickte ratlos und bekümmert um sich, bis er einen Diener bemerkte, der an einem Tische des dämmerigen Vorzimmers mit einem großen Einschreibebuche sich zu schaffen machte und im stillen den Fremden beobachtete, ohne eine Annäherung zu versuchen.

Endlich redete der Herr, der in seinem schwarzen Rock sich nicht eben wohl zu fühlen schien, den Diener an. Er hatte kaum den Mund aufgemacht, als das erfahrene Faktotum sofort den Tschechen erkannte, der selbst bei sorgfältigerer Sprachbildung sich in jedem deutschen Satze verrät.

Rasch war ein Gespräch im Gange. Der Fremde schüttete in einer Stunde dem freundlichen und behaglichen Manne sein Herz aus, so daß dieser bald alles Wünschenswerte wußte. Ist doch der Diener einer solchen gelehrten Gesellschaft oft genug in der glücklichen Lage, die umfänglichen Kenntnisse seiner Herren in einer verringerten, aber für den täglichen Gebrauch tauglicheren Form mit einer gewissen irdischen Gewandtheit und Lebensklugheit zu verbinden, welche die Ergebnisse der Forschung auszunützen weiß. Auch hat er Zeit, alles anzuhören und mitzubesprechen, Gänge zu machen, für sich und seine Dienstgeber zu sorgen, kurz die Würde der Weisheit mit dem gemeinen Leben zu versöhnen und das Ansehen der gelehrten Gesellschaft in der Welt zu heben.

Um eine ähnliche Aufgabe handelte es sich in diesem Falle. Der Herr Doktor Hesky hatte sich dem Präsidenten der hochangesehenen wissenschaftlichen Körperschaft vorgestellt, um dessen Unterstützung zu erbitten. Er wollte nämlich einen Vortrag über seine Reisen in Süd- und Zentralafrika halten, eine Ausstellung der mitgebrachten Objekte ins Werk setzen, kurz im österreichischen Vaterlande möglichst wirksam die Ergebnisse seiner mühevollen Wanderjahre bekannt machen und dadurch für seine engere Heimat Böhmen, als deren treuer Sohn er ausgezogen und rückgekehrt war, Ehre einlegen. Als diese Geschichte sich zutrug, war seine große Nation im österreichischen Reiche noch verhältnismäßig klein und für ihren regen Ehrgeiz noch lange nicht nach Gebühr anerkannt und gewürdigt. Jeder ihrer Söhne strebte damals auf einem anderen Gebiete, sich im großen Wettstreite aller Völker umzutun, als kleiner Einzelner nach seiner Weise sich bemerkbar zu machen, um seine Heimat zu Ansehen und Geltung zu bringen. Heute, wo die slawische Welt bewußt und wirksam durchgedrungen, im österreichischen Staate wahrlich laut genug vernommen wird, mag es einem Sohne der böhmischen Erde vielleicht unschwer gelingen, nicht bloß um seiner selbst, sondern gerade um seiner Volkszugehörigkeit willen, sich Stellung und Gehör zu verschaffen, zumindest wird es ihm nicht schwerer fallen, als irgend einem anderen. Damals aber, in den siebziger Jahren des vorigen Jahrhunderts mußte jeder Tscheche noch einen besonderen Widerstand überwinden. In seiner Bildung, in allen Wissensgebieten von deutscher Schule und Leistung abhängig und bestimmt, war jeder auch an die Macht der umwohnenden deutschen Gesellschaft gewiesen, wenn er sich behaupten und Anwert finden wollte. Und hier mußte er wieder sein von der Nationalität unabhängiges, der Allgemeinheit zugedachtes Wissen sozusagen gegen seine Stammesart durchsetzen, denn diese belastete ihn von vornherein mit einem gewissen Mißtrauen. Das war auch nicht unberechtigt, denn in dem Kampf um die Anerkennung der Nationalität stiegen zuweilen ganz merkwürdige, wunderliche und leichte Elemente an die Oberfläche und trübten das Wasser. Was gab sich nicht alles oft genug als bedeutend und empfehlenswert aus und wurde als Perle des slawischen Volkstums gepriesen, das besser im Dunkel vor die Säue geworfen worden wäre! Was trat nicht alles als Kunst, als Gelehrsamkeit, kurz als nationale Errungenschaft auf, das bei eingehender Betrachtung zerging wie eine Qualle im Sande! Kurz ein Tscheche hatte es allzuleicht und allzuschwer in der Welt. Herr Doktor Hesky bekam eben eine Probe davon zu spüren.

Er hatte dem hochansehnlichen Präsidenten der ethnographischen Gesellschaft, einem k. k. Hofrat und Professor der Erdkunde an der Wiener Universität, einem Reichsdeutschen und stolz national gesinnten Manne seine Pläne vorgetragen, nicht ohne die unleugbare, aber unwillkürliche Betonung seiner tschechischen Abkunft. Freilich bediente er sich der deutschen Sprache, aber mit beträchtlicher Schwierigkeit, so daß er, ohnehin kein Redner, verlegen, des Umganges mit gesellschaftlich hervorragenden Leuten entwöhnt, stotterte und kaum imstande war, auch nur sein Anliegen ordentlich vorzubringen, geschweige denn seine Vorzüge, seine merkwürdigen Erlebnisse, seine eigenartigen Erkenntnisse, die tausend Schwierigkeiten, die er als Forscher überwunden, die Errungenschaften, die er als Einzelner auf eigene Faust und Gefahr erwirkt, ins rechte Licht zu setzen.

Und dieser Mensch wollte in einer deutschen Stadt, in einer altberühmten deutschen Gesellschaft, vor einem deutschen Publikum von namhaftesten Gelehrten einen Vortrag halten! Das konnte nun entweder ein Schwindler sein, dem es mit seiner Sache nicht ernst war, oder ein Narr, den man mit äußerster Vorsicht behandeln mußte. Aus keinen Fall aber durfte man ihn ohneweiters zulassen und aufnehmen. Mochte er sehen, wie er auch hier allein sich zurechtfände, der Verein war nicht dazu da, sein Opfer zu werden und sich zum Gespött zu machen. Darum wies ihn der Präsident mit höflichen Worten an den Herrn Dieter, der ihn gewiß in der Durchführung der geplanten Ausstellung wirksam unterstützen würde, während für einen Vortrag augenblicklich kein Raum im durchaus besetzten Programme frei sei. So wandte sich denn der Doktor Hesky, wie eben ein hilfloser Mensch überall Hilfe sucht, wo sie sich bietet, gehorsam an den Herrn Dieter, wie ihm gesagt worden war und trug diesem seine Sache vor.

Und das war auch – wiederum wunderbar genug, wie sich nachmals erwies – das Beste und Klügste, was er tun konnte, denn mit dieses braven Dieners Hilfe wurde er als Österreichs großer Sohn, als der erste tschechische Afrikareisende und ruhmwürdigste Forscher anerkannt, für den er sich selber nicht einmal in seinen kühnsten Träumen zu halten gewagt hatte. Was wir gelten, prägt eine törichte oder weise Welt auf unser Dasein, nicht so sehr unser Wille und Wissen. Das Schicksal, das wir erleben, hat wahrlich ein anderes Antlitz, als das Auge der Welt bemerkt. Aber greifen wir nicht vor.

Der Doktor Hesky suchte, so gut er konnte, dem Herrn Dieter seine Absichten zu verdeutschen.

Zuerst berichtete er ganz allgemein von seinen Reisen in Afrika. Der Herr Dieter hörte ihn geduldig an und schränkte schließlich die Schilderung des eifrigen Mannes durch einige auf die unmittelbare praktische Absicht gerichtete Fragen ein. Was war ihm Afrika? Und wer war Doktor Hesky? Reisen konnte bald einer, Abenteuer hatte jeder bestanden, mit dem er in der ethnographischen Gesellschaft zu tun bekam, denn hier trat allmonatlich ein anderer Forscher auf und erzählte von seiner Nordpolexpedition oder vom Dalai Lama, von Marokko oder von der Südsee. Ihm mußte etwas Besonderes geboten werden, wenn er sich dafür interessieren sollte. Daß ein Urböhm nach Afrika gereist, konnte zwar immerhin als eine kleine bemerkenswerte Neuheit gelten, war aber noch nicht genug. Schließlich kam der Doktor Hesky auf die beabsichtigte Ausstellung zu sprechen. Darin witterte der weltkluge Vertrauensmann immerhin eine Möglichkeit ursprünglicher Wirkung.

»Also, was haben Sie denn, was möchten Sie denn ausstellen, lieber Herr Doktor?«

Er hatte über hundert Kisten nach Europa mitgebracht, sie sollten in den nächsten Tagen aus seiner Heimat hier eintreffen: Gefäße aus Kürbisschalen mit kunstvollen Einkerbungen, von den Eingeborenen zur Verwahrung von Honigbier, Wasser, Mehl, Tabak benützt, Waffen der Wilden, sogenannte Assagaien, die sie zu Wurf, Stoß und Stich gebrauchen, Tierbälge aller Art, Reptilien, Wasserbewohner vom Krokodil und Leguan, von den bärtigen Welsen bis zu kleinen Fischen und Echsen, Insekten, bunte Schmetterlinge, Käfer, die lebend einen stinkenden Saft gegen ihre Verfolger ausspritzen, jetzt aber unschädlich aufgespießt seien, die schönsten Konserven afrikanischer Naturwunder in Spiritus, Bälge von Schakalen, Giraffen, von großen Mäusearten, Blauböcken, Springhasen, Klippdachsen, die Häute von gefährlichen und von ungiftigen Schlangen, eine, die Schlange Ringhals, hatte er leibhaftig an den Eutern einer geduldigen Kuh saugen gesehen, ausgestopfte Vögel, die auf wirklichen Ästen wie lebendig saßen, ein schneeweißer Ibis schlummerte auf einem Bein wie zu Hause am Ufer der großen Salzpfanne, Fischreiher, Wildenten, Bläßhühner, Strandläufer, er hatte Heuschrecken aller Größen, wie man sie in Afrika als Mahlzeit zu braten liebte, sie schmeckten wie ranzige Sardellen, er hatte Tiger-, Leoparden- und Löwenfelle.

War das noch nicht genug?

Der Diener hörte ihn an und wartete auf mehr.

Ja, er hatte Hörner von afrikanischem Jagdwild.

Da schien Dieter betroffen und sein Blick verriet das lebhaftere Interesse. Das kam daher, daß er in seinen Jugendjahren selbst ein Jäger gewesen war und in seiner städtisch abenteuerlosen Gegenwart die sehnsüchtige Erinnerung an das einstige grüne Handwerk bewahrt hatte. In seiner Amtswohnung ragten von den geweißten Wänden überall Hirschgeweihe, Rehrückel und Gemshörnchen als schöne Grüße einer schöneren Vergangenheit empor, und wo er nur konnte, kaufte er auf Auktionen derlei Trophäen glücklicher Schützen zusammen. Bei den Worten des Reisenden, er habe Hörner afrikanischen Jagdwildes, war der einstige leidenschaftliche Waidmann ein für allemal gewonnen und bezwungen.

Also wie sahen denn diese Hörner aus? Das wären kühn gewundene von Antilopen, von Bläßböcken, von Widdern, schwarz und glatt, oder bräunlich und geriefelt, wie von einer geschickten Hand gedrechselt und gekerbt, nach ein- und auswärts gebogen, zu Stoß und Fang, auch Nashörner, die dem ungefügen Tiere mitten aus der Stirne wuchsen und gelbliche Eberhauer und Elfenbeinzähne. Da lachte Dieter voll Vergnügen und sagte: »Ich habe nämlich auch viele Geweihe, die müssen Sie sich anschauen, Herr Doktor.«

Nun ließ sich schon leichter mit Dieter sprechen, und er war zu allem bereit: einem Manne, der Hörner, Hauer und Geweihe besaß, mußte geholfen werden. »Also machen wir die Ausstellung!« Während nun der Diener immer eifriger und zuversichtlicher wurde, sank der Mut des Afrikareisenden beträchtlich. Indem er von seinen geliebten Schätzen erzählte, schienen sie ihm zusehends einzuschrumpfen. Aus der vollen, lebendigen Wirklichkeit, wo all seine Beute lebend gekrochen, geflogen, geeilt war, wo sie gebrüllt, gezischt, gefaucht, gesungen, gezirpt, gebrummt, gerauscht hatte, wo sie über Busch und Wasser geschwebt, über Sand gelaufen, rasch dahin geschwommen, zierlich gehüpft, gröblich getappt, munter getänzelt, war sie nun in seine Büchsen und Bretter, tot und stumm, steif und klein eingesunken. Ebenso dünkte es ihm, müßte, was er in den sieben vergangenen Jahren leidenschaftlich erbeutet und zusammengetragen, vor den fremden kalten Augen der europäischen friedliebenden Großstädter als wertlose, staubige Prahlerei, als ein hundertfältiges Nichts erscheinen, dem man nur eine naserümpfende Verachtung entgegen bringen könne. Denn was galten seine hundert Kisten gegen die unendliche Wirklichkeit, die er leidend und genußvoll erlebt hatte, was seine sorgfältig gepreßten stillen Pflanzen gegen das rote Blühen der Wiesenteppiche, gegen die breitästigen Sykomoren, gegen die hohen Wolfsmilchbäume, oder was bedeutete das kümmerliche Hausgerät der Buschmänner, das er mitgebracht, gegen das Dasein in den Rohrhütten, vor welchen an den Abenden der törichte, einfältige Gesang der Weiber emporstieg! Was war dies alles, was war er, der böhmische unwissende Doktor in dieser großen, ungeheueren Stadt, was war all das wilde Afrika gegen diese Welt der Eisenbahnen, der Telegraphen, der Türme und Paläste, der angesammelten Gelehrsamkeit, der beredten Geschichte! Wie sollte er sich da behaupten und für seine arme Habe Geltung erwerben!

Freilich konnte er diese Bedenken nicht eben ausdrücken, denn zum ersten war er der Sprache nicht mächtig genug, eine so tiefe Beklemmung und Selbstverachtung sich so recht vom Herzen zu reden, zum anderen aber ging das alles wie eben die leisesten Gefühle und Gedanken viel zu unbestimmt und undeutlich durch seinen Kopf.

Aber zum Glück schadete ihm dieser Kleinmut nicht mehr bei seinem Gönner, in welchem die Phantasie eines einfachen Menschen erweckt, von selbst zu arbeiten begann, so daß der Herr Dieter zusehends eifriger sich in die lebhafteste Spekulation einer tatendurstigen Hilfsbereitschaft versenkte und in kürzester Zeit einen ganzen Eroberungsplan ausgeheckt hatte, der in Bälde Wien vor die Füße des Afrikareisenden legen sollte als die letzte, großartigste Jagdbeute.

Die beiden waren für ein paar Augenblicke verstummt, der Doktor Hesky bekümmert und hoffnungslos, der Herr Dieter in angespanntem Nachdenken, dem schließlich das Ergebnis kühn, ungeheuerlich entsprang und dem überraschten Forscher den Speer an die Brust setzte:

»Waren Sie schon beim Kaiser?«

Ebenso gut hätte er ihn fragen können, ob er schon auf dem Monde seinen Besuch abgestattet.

Nein, er war in Afrika gewesen, in Chrudim, in Prag und leider auch bei Herrn Präsidenten der ethnographischen Gesellschaft und gegenwärtig bei Herrn Dieter, deren Diener, aber beim Kaiser noch nicht.

Gerade das schien aber das Wichtigste. Den Kaiser mußte man doch vor allem für die Reise und für den Reisenden interessieren, der Doktor Hesky war ja ein Österreicher, so hatte er zuvörderst den Landesvater aufzusuchen. Der sollte Geld, Hilfe, Orden hergeben, das war die selbstverständlichste Sache von der Welt.

Der Doktor Hesky wußte nicht, wie ihm geschah, begriff auch nicht, was der Kaiser von Österreich mit seiner Ausstellung zu schaffen haben sollte, aber wenn der Herr Dieter es sagte, der sich offenbar in solchen Angelegenheiten auskannte, bestand ohne Zweifel ein gewisser Zusammenhang zwischen ihm und dem Monarchen.

»Aber wie ich da bin, ich kann ja nicht ordentlich reden, ich habe ja keinen Frack!«

Gütig sprach Dieter dem verlegenen Manne zu, wie weiland der Herr dem Moses, dessen Zunge ungelenk und dessen Mut gering war.

»Der Schneider Rothberger hat Fräcke genug, für alle Größen, auch für Sie, das sei Ihre geringste Sorge. Und auch einen Ausstellungssaal werden wir finden, jetzt kommen Sie nur auf ein Glas Bier ins Augustinergasthaus; ich renne von dort gleich hinüber in die Burg und melde Sie zur Audienz an. Übermorgen können Sie schon mit dem Kaiser reden.

Gesagt, getan, er faßte den kleinen Mann unter dem Arm und verließ mit ihm das Haus.

Im Augustinergasthaus nahmen sie ein mäßiges Gabelfrühstück ein, und während der Doktor Hesky gegen den allzu großen Eifer seines Gönners stille Bedenken hegte, suchte dieser bereits in der Öffentlichkeit für seinen Schützling Stimmung zu machen, indem er ihn dem höflichen Wirt, dem Zahlkellner und Pikkolo als Österreichs berühmtesten Mann vorstellte; dabei flüsterte er dem Bescheidenen und Verlegenen zu: »Es kann nichts schaden, wenn man Sie überall in der Welt kennt, wer weiß, wen man noch einmal brauchen kann.« Auch ein paar Freunden des Herrn Dieter an den Nachbartischen wurde der illustre Gast gezeigt: »Haben Sie schon einen Doktor gesehen, der bei den Schwarzen gewesen ist?« Schließlich ließ Dieter die angehende Zelebrität eine Viertelstunde allein, um drüben in der Burg den Besuch des Doktor Hesky anzumelden. Als Diener der hochansehnlichen Gesellschaft hatte er auch in der Hofkanzlei seine Bekannten, so daß er dem Schützling dort die Audienz erwirken konnte, ohne daß dieser selbst sich erst vorstellen mußte. Nach kurzer Zeit kam Dieter zurück und verkündigte, alles sei in Ordnung und übermorgen werde ihn Seine Majestät empfangen, er solle sich nur genau überlegen, was er zu verlangen, zu wünschen und zu bitten habe, denn dazu nehme man doch Audienz, nun aber wollten sie sich nach einem passenden Ausstellungsraum umtun. Damit zerrte er sein Opfer aus dem behaglichen Gastzimmer fort auf den beschwerlichen Weg zur Berühmtheit. Sie besichtigten manchen leerstehenden Saal und kamen in die verschiedensten Gassen der Stadt, aber kein Lokal erschien passend. Der Doktor Hesky, des Gehens auf dem harten Pflaster, des Stiegensteigens, Straßenlärmes, der vielen Wege und Leute überdrüssig, ließ sich immer schwerer von dem starken, unermüdlichen neuen Freunde umherschleppen und verwünschte in seinem Inneren bereits die ganze schwierige europäische Lage, als sich Dieter plötzlich, mitten auf dem Bürgersteige stehen bleibend, vor die Stirne schlug: »Daß mir das nicht schon längst eingefallen ist, wir werden unsere Ausstellung im Prater abhalten.« Der Doktor Hesky erschrak, denn er wußte bloß, daß es im Prater allerhand Buden gab, wo Damen ohne Unterleib, Riesen, Zwerge, Wachsfiguren, Lachkabinette, Ringelspiele unter lebhaften Ausrufen einem vergnügten Sonntagspublikum dargeboten wurden. Hier schien ihm doch für seine afrikanischen Sammlungen nicht der richtige Platz. Aber Dieter befahl ihm, nur zu folgen, alles weitere werde sich schon finden. Also ließ er sich in die Pferdebahn schaffen. Dieter brachte ihn zu seinem Trost nicht in den Wurstelprater, wo die gefürchteten Sehenswürdigkeiten standen, sondern durch die vornehme Hauptallee bis zur Rotunde, dem leeren, mächtig gewölbten eisernen Bau, der vor ein paar Jahren noch die Weltausstellung beherbergt hatte und inmitten von schönen, nach allen Seiten ausstrahlenden Alleen bedeutend dalag. Dort stellte er den erstaunten Mann unter das großartige Kuppelgewölbe und fragte ihn: »Nun, was halten Sie davon?«

Doktor Hesky lächelte: »Nein mein Lieber, hier könnte ich vielleicht ganz Südafrika unterbringen, aber meine paar Habseligkeiten reichen nicht aus.«

»Nur Geduld!«

Damit klopfte Dieter an eine Türe, die zur Wohnung des Hausverwesers ging, rief diesen heraus, machte auch ihn mit dem größten Manne Österreichs bekannt und befahl ihm, sie in den Amateurpavillon zu führen. Kopfschüttelnd geleitete sie der Verwalter, der als guter Bekannter Dieters die Bitte nicht abschlagen mochte, zu diesem ein wenig abseits gelegenen, gleichfalls verlassenen Gebäude. Und siehe da, der einfache, mäßig große, helle Saal dieses seinerzeit ebenfalls zu Ausstellungszwecken verwendeten Hauses sagte dem Reisenden zu, nur mußte der Raum von Grund aus hergerichtet werden, denn die Dielen klafften weit auseinander und konnten nur vorsichtig, mit Sprüngen begangen werden, während unten der Keller gähnte. Überall waren Bretter einzufügen. Die seien doch wohl vorrätig. Der Hausverwalter bejahte dies, setzte aber hinzu, alles stehe unter der Aufsicht und im Eigentum des Hofes, ohne dessen Genehmigung kein Ding von seinem Platze gerückt werden dürfe.

»Ich weiß, mein Lieber, aber das soll uns nicht weiter stören, denn der Herr Doktor Hesky darf hier alles machen, Sie werden schon den Auftrag bekommen, die Hauptsache ist, daß wir den Saal hier brauchen können, bis übermorgen richten Sie die Bretter her, für die Arbeiter werden wir selbst sorgen. Hier wollen wir unsere Ausstellung veranstalten. Es ist ganz gut, daß dieser Kasten da endlich wieder einmal auf der Welt zu etwas nütze wird. Also abgemacht, stellen Sie nur alles bereit, es soll Ihr Schaden nicht sein, wenn Sie den Herrn Doktor Hesky zufrieden stellen. Auf Wiedersehn!«

Und schon waren sie draußen im großen grünen Gartenlande, Dieter lächelnd, voll Vergnügen über das Gelingen, der Forscher ein wenig betreten über die, wie ihm schien, verfrühte Zuversicht und Draufgängerei seines Begleiters, der über das Eigentum des Hofes wie über sein eigenes verfügte, Anordnungen traf und deren Billigung als selbstverständlich vorwegnahm.

In die Stadt zurückgekehrt, bestellte Dieter noch in aller Eile für den Herrn Doktor einen Frack und lud ihn dann zu sich, in seine Amtswohnung, auf ein bescheidenes Mittagessen. Der Gefangene folgte wehr- und willenlos seinem neuen Herrn und ließ sich ganz erschöpft nach diesem tatenreichen Vormittage, wieder in das Haus der ethnographischen Gesellschaft zurückschleppen, wo Dieter wohnte. Die ansehnliche Körperschaft genoß die Gastfreundschaft der alten Universität und war in deren oberstem Stockwerke untergebracht, während Dieters Dienstquartier unter dem Dache lag. Dort hatte sich der findige Mann behaglich eingerichtet. Die Fenster seines reinlich gehaltenen schrägwandigen geweißten Wohnzimmers gingen auf den alten geschlossenen Jesuitenplatz und blickten schräg hinüber auf die seine graue Barockfassade der Kirche. Besonders konnte man die Zeiger ihrer Uhr ganz deutlich verfolgen, deren Glockenspiel alle Stunden mit sanfter Würde schlug, Tauben flogen vor den Simsen oder spazierten auf ihnen kopfnickend umher, und durch eine Türe betrat man unmittelbar einen schmalen

Gang neben dem Dache, der mit allerlei grünen Topfgewächsen bestellt, ein kleines Hausgärtchen bildete, von welchem man auf das stille Leben des Platzes hinabsehen konnte.

In dieser Wohnung lebte Dieter mit seiner Gattin und einem etwa elfjährigen Jungen. Die Frau hatte gerade das Mittagessen gekocht, der Bub war aus der Schule gekommen und kriegte jetzt ebenfalls den Doktor zu sehen, der bei den Schwarzen gewesen.

Die Vier setzten sich nun in der Küche an den einfach und reinlich gedeckten Tisch, und der Doktor Hesky ließ es sich bei den schlichten Leuten recht wohl sein, unter denen er sich gleich wie daheim fühlte, denn auch er stammte von armen Eltern ab. Er aß mit Freuden von irdenen Tellern das gute Sauerkraut mit Wurst und das Leibgericht des Hausherrn zum Nachtische: ein mächtiges Stück Schmalzbrot und dazu ein großes Glas »Brünnerstraßler«, das ist ein leichter säuerlicher niederösterreichischer Landwein.

Als sie nun sattsam gegessen und getrunken hatten, holte Dieter seine Pfeife von der Wand und bot dem Gast eine »kurze« Zigarre an, indem er die Billigkeit des Krautes mit dessen Wohlgeschmack entschuldigte, es würde nämlich für bevorzugte Leute in besserer Qualität hergestellt, als für die Armen, welche sonst die als »Schusterkuba« berüchtigte Sorte nicht eben zu rühmen haben. Dann streckte er sich behaglich in seinem Stuhle aus und ließ den Doktor noch einmal von Anfang an erzählen. Die stille Frau, deren sanfte, hektisch gerötete Züge ein zehrendes Brustleiden verrieten, räumte unterdes das Geschirr ab und wusch es in einem Schaff, ohne weiter die Anwesenden zu stören, indem sie ihre Arbeit so ruhig und gleichmäßig verrichtete, daß das leichte Plätschern des Wassers, das sachte Klirren der Teller, Gläser und Schüsseln wie eine melodische Begleitung des Berichtes klang; der Knabe aber sah unverwandt mit großen Augen auf den Fremdling und prägte dessen Worte tief dem keuschen Gedächtnis seiner jungen Jahre ein, so daß ihm auch das Unverstandene nicht entging und erst in weiter Zukunft recht deutlich wurde.

Wie wird einer Afrikareisender? Wie wird überhaupt ein Mensch, was er ist? Bleibt nicht jedes Schicksal, das sich im Dunkel der Kindheit vorbereitet, ein volles Rätsel? In jedem lebendigen Wesen, im unwissenden Tier, in der wachsenden Pflanze, wie im schauenden Menschen sind zwei Urmächte in einander wunderbar verwirkt: Bewegung und Gebundenheit. Die erste streckt sich zum Licht und erobert den Raum, die Pflanzen senden ihren Samen mit wehenden Flügeln weit über Land, doch zugleich harrt in ihm die zweite Kraft der Gebundenheit und läßt ihn irgendwo wurzeln, um in seiner Vernichtung wieder seine Art fortzuerben. Beim Menschen heißt die Freiheit: Wille, die Gebundenheit: Schicksal. Einem ist es gesagt, wer weiß von wem, wer weiß warum: Auf mit dir und fort! Das Kind greift nach dem Monde, der Mann ist weiser und greift nach den Sternen. Nun wandert einer, und irgendwo ist ihm schließlich ein Boden bereit, zu wurzeln und zu ruhen, und seien es vier letzte enge Wände, nach deren Decke man sich streckt. Das ist des Menschen Freiheit und des Menschen Schicksal! Mit gebundenen Gliedern fliegen ohne Fittich und mit geflügelter Seele ruhen ohne Wahl: wunderliches Dasein der Menschen!

Der Doktor Hesky stammte aus einem kleinen böhmischen Dorfe mitten im fruchtbaren Land draußen, wo die Weiber in brennend roten Kitteln, gelben Kopftüchern und blauen Jankern gehen. Vater und Mutter waren Kleinbauern, die nicht lesen und schreiben, nur beten und arbeiten konnten. Beten war ihnen eine Lust, arbeiten weniger. Darum hatten sie, wie viele ihresgleichen den einzigen Wunsch, ihr Kind möchte dereinst im Leben nur beten, nicht arbeiten müssen wie sie. Der Pfarrer war freilich der größte Mann ihrer Welt, der mit Gebet den Himmel und irdisches Wohlsein erwarb. Es gab nur ein Glück für einen Burschen, und das war, wenn er geistlich wurde. Die Pfarrer da draußen haben acht auf den Menschenwuchs, denn von dem Bestehen der Pfarrer hängt wieder ihre Welt ab, die von Rechts wegen und nach dem Willen Gottes aus Kirchen und Bauernhäusern besteht, wenn man von den großen Herren absieht, die außerhalb der gemeinen Ordnung als etwas Besonderes gelten, das nicht in Betracht zu ziehen ist. Gibt's irgendwo einen Buben, dem ein helleres Licht aus den Augen blitzt, so ziehen sie ihn an sich und lassen ihn dem Herrn dienen. Zunächst freilich ihnen selbst, als des Herrn Stellvertretern. Der Knabe darf ministrieren, das Räucherfäßchen schwingen, die Glocke läuten, chorsingen, Schuhe putzen, Stühle wischen, der Köchin helfen, kurz allerhand gottgefällige Werke verrichten. Und wenn es auch vorderhand mehr zu arbeiten, als zu beten gibt, mag er doch hoffen, einmal als

Student in die Lateinschule zu kommen, zu dem herrlichen Mütterchen Prag. Die hunderttürmige Stadt steht vor den Augen des Knaben. Dort sind die Häuser von Gold.

So wurde auch dieser Kleine ausersehen, zu studieren, damit seine Mutter ihm einst als einem Geistlichen die Hand küssen dürfe und vor den übrigen Weibern des Dorfes Ehren genieße. Darum studiert doch ihr Sohn! Sein Vater starb, noch bevor der Knabe die erste Stufe der gelehrten Laufbahn erreicht hatte. Die Mutter arbeitete als Kleinhäuslerin weiter, während der Pfarrer dem Jungen ein Stipendium erwirkte, so daß er in der Tat das Gymnasium in Prag beziehen konnte. Dort erwies er sich als fleißig und begabt, wuchs aber, schier ohne es zu wollen und zu wissen, über die engen Grenzen der heimatlichen Gläubigkeit hinaus, gab nach Beendigung der Lateinschule den Plan, Geistlicher zu werden auf und gedachte, Medizin zu studieren. Da versiegten nun freilich die göttlichen Hilfsquellen. Er war auf sich allein gestellt und mußte trachten, ohne den Segen und die führende Hand der Kirche, weiterzukommen. Aber in der großen Stadt bewährte sich zu seinem Glück die weitere menschliche Gemeinschaft, die jedes Glied einer Klasse eng in ihre Kette fügt und es beschützt, weil sein Gedeihen ihren eigenen Bestand ausmacht. Das Bürgertum bildet, wie die anderen wirtschaftlichen Mächte einen geschlossenen Kreis und erhält sich durch die Kräfte aller seiner Angehörigen, deren jeder eine Zeitlang auf Kosten der übrigen leben darf, bis er selbst wieder fähig ist, für sich und seine Brüder aufzukommen. Ja mancher Untaugliche oder Faule mag getrost rechnen, sogar von den übrigen mitgeschleppt zu werden, wie etwa die Sträflinge, die nach Sibirien an einer langen Kette wandern müssen, oft meilenweit einen toten Gefährten mitzerren. Der junge Hesky blieb nun einmal in die bürgerliche Gemeinschaft einbezogen, und sie nahm ihn willig mit, mochte er nur sehen, wie er ihr später entkam. Diese Gemeinschaft war gerade zu seiner Jugendzeit doppelt eng und stark aneinandergeschlossen durch ein der Frömmigkeit verwandtes Seelenband: durch das erwachte und heftig angeschürte tschechische Nationalgefühl. Dieses litt ebensowenig wie der Glaubenseifer des Pfarrers, daß ein Landeskind, fähig seinem Stamme Ehre zu machen und dessen Geltung zu mehren, verloren gehe. Ein begabter tschechischer Student durfte nicht Hunger leiden, nicht der heimatlichen Wissenschaft entrissen werden und nicht zurücksinken in die gemeine Not. Die junge tschechische Wissenschaft konnte keinen Sohn entbehren und aufopfern. Jeder galt als köstlicher Besitz, als größere Hoffnung, sollte doch jeder einmal mit Zinseszinsen vergelten, was er empfangen hatte.

Diese teils bewußte und schon deutlich gegliederte, teils unbewußte, aber desto inständigere Gemeinschaft nahm sich auch des armen Hesky an und zwar in der Weise, wie eben unter den Menschen zumeist Göttliches und Gemeines, Mitleid und Selbstsucht verschwistert wirken. Er fand nämlich in einer ärmlichen Studentenbude, bei einem Schneidermeister, Kost und Quartier, dessen Tochter, ein paar Jahre älter als der Mietbursche, damals noch frisch und wenn auch nicht besonders schön, so doch durch ihre Jugend immerhin erfreulich, für das unwissende Herz eines weltungewohnten Jünglings nicht ohne Reiz und begehrenswert genug war. Eine rasch angesponnene, begünstigte Neigung führte zu einem förmlichen Verlöbnis, und da ein mittelloser Student nicht heiraten konnte, mußte man ihn eben so lange über Wasser halten, bis er als fertiger Doktor genug verdienen mochte, um eine Familie zu gründen und zu erhalten.

Der Vater Schneider quartierte und beköstigte daher um Gottes und seiner Tochter Berta willen den Mietburschen weiter und beschaffte, so gut es ging, auch die sonstigen Mittel zu seinem Studium, so daß sich Hesky der Medizin ergeben konnte.

Dabei vergingen nun fünf lange Jahre, und die sind in eines jungen Menschen Leben ein hübscher Zeitraum, wo man manches lernt und verlernt, Neues sieht und Altes mit anderen Augen betrachtet. Fünf Jahre machen auch ein Mädchen nicht eben jünger, und war eine vor dieser Zeit nicht schön, so muß sie es nachher nicht durchaus geworden sein. Lebt man fünf Jahre unter einem Dache, so kennt man die Braut bis in die letzte Falte ihres Gemütes, hat den Morgentau der leichten ersten Neigung abgestreift und die etwaige Enttäuschung der Ehe eigentlich längst vorweggenommen. Auch ist man unter Leute geraten, hat andere Fräulein gesehen, Vergleiche angestellt und manch eine schöner, liebenswerter gefunden. Andere sind frei, anmutig, sogar vielleicht wohlhabend und vor allem versagt. Zu Hause aber sitzt eine Braut, verwelkt, ältlich, streitsüchtig, verdrossen, arm, geplagt, kümmerlich. Einem jungen Menschen steht die Welt offen, nur ihm sollte sie durch eine Schneiderwerkstatt verschlossen sein! Kurz, man denke über den angehenden Mann der Wissenschaft, wie man will, er hatte im Herzen mit seiner Verlobten längst gebrochen, wenn er auch nicht den Mut fand, es vor der Welt offen zu tun. Aber sich heiraten zu lassen, verweigerte er im stillen mit aller Entschlossenheit. Ein Erfahrenerer und Rücksichtsloserer als er hätte nun freilich geschickter aus dieser drückenden Enge herausgefunden, Hesky aber sah sich rings von der nächsten Gefahr bedroht und plante die abenteuerlichsten Auswege. So wurde er Afrikareisender. Anders, als indem er zwischen sich und die Braut ein Meer und einen ganzen Weltteil brachte, glaubte er seinem Verhängnis nicht entgehen zu können.

Er erwog, wie seine medizinischen Kenntnisse am besten zu verwerten wären, ohne daß er sie gerade seiner bedrohlichen Ehe dienstbar machen müßte. Wenn er sich irgendwo in der Heimat niederließ, konnte er seinem Verlöbnis nicht entrinnen, im weiteren österreichischen Gebiet eine ärztliche Praxis aufzutun, verbot ihm seine tschechische Ausbildung, da er die deutsche Sprache nur kümmerlich redete. Eben dieser Umstand ließ ihm aber auch eine gewöhnliche Heiltätigkeit außerhalb seines Vaterlandes, irgendwo in der weiten Welt, wo deutsch, englisch, französisch, italienisch, spanisch verkehrt wird, aussichtslos erscheinen. Und so tauchte in seinem Kopf erst als trauriger Witz, dann immer ernsthafter und schließlich unentrinnbar wie das Verhängnis der Gedanke auf: So versuchst du es bei den Wilden! Denen gilt es gleich, ob sie englisch, deutsch, französisch oder böhmisch nicht verstehen. Damit aber war auch eine Wanderlust mit dem ursprünglichen Trieb, sich aus den unleidlichen Verhältnissen zu befreien, erwacht und erregte nun alle Kräfte des Ehrgeizes, der Begeisterung, die in einem jungen Herzen ohnehin nur auf die erste Gelegenheit des Abfluges warten. Warum sollte in ihm seine so lang unterdrückte, abhängige, rings von der deutschen eingeschränkte Nation nicht einmal auch einen kühnen Forscher hervorgebracht haben, der auf eigene Faust die Grenzen der bekannten Welt bedeutend erweiterte, im Namen seines Vaterlandes fremde Erdteile betrat und die Fahne des tschechischen Volkes auf neue Höhen pflanzte!

Den Anlaß zu solchen Ideen gab seine Bekanntschaft mit einem Kreise lebhaft national interessierter Leute. Ohne selbst besonders politisch veranlagt zu sein, nahm er deren Anregungen doch eifrig auf und bildete sie auf seine Weise weiter; ist es doch immer erhebend, wenn man selbst noch nichts rechtes getan und erreicht, eine gewisse Würde bloß dadurch zu genießen, daß man natürliche Eigenschaften, an denen man weder Schuld noch Verdienst trägt, plötzlich als besondere Vorzüge gepriesen hört und getrost hochschätzen darf. Derart sonnt sich jede Nationalität an dem Gefühl ihrer unwiederbringlichen Sonderart, die der liebe Herrgott vor allen anderen schön und trefflich gemacht hat.

Die Gesellschaft kam auf dem Altstädter Ringe in einem kleinen, behaglichen Gasthofe zusammen, der einem hervorragenden Manne der aufstrebenden nationalen Politik gehörte, dem Herren Chaloupka, was zu deutsch Hüttchen heißt, so daß der Name schon eine heimatliche Liebkosung seines Besitzes darstellte. Doch führte er noch einen zweiten schönen Ehrentitel: »Vater der Reisenden«, den er sich zuerst durch gutes Quartier, anständige Küche und zuvorkommendes Betragen verdient hatte. Später aber ging sein Ehrgeiz weiter, indem er alle Bestrebungen förderte, die dahin zielten, Söhne seiner engeren Heimat in die Ferne zu schicken, um sich dort auszubilden und die eigenen Tugenden, sowie die allgemeinen Vorzüge der Nation zur Geltung zu bringen. Diesen Schützlingen hatte der gutmütige Chaloupka manche Geldsumme selbst geliehen oder beschaffen geholfen und von den glücklichen Heimkehrenden, wie von denen, welche im Lande blieben und sich redlich nährten, Dank und Anerkennung empfangen, so daß er weithin bekannt und als eine Stütze seines Volkes angesehen war. Er hatte nur eine Leidenschaft, die er als findiger Wirt auch für seine Herberge auszunützen verstand: nämlich allerhand große und kleine Sehenswürdigkeiten zu sammeln. Man ließ ihm schon aus Dankbarkeit manche Dinge dieser Art reichlich zukommen, die Stammgäste und gar die Weitgereisten, als deren Gönner er sich erwiesen, spendeten ihm derlei, wie sie es auftrieben: der einen Schädel, welcher angeblich einem berühmten Landsmanne vor undenklichen Zeiten auf den Schultern gesessen war, jener alte Morgensterne und Streitäxte aus Hussens Zeiten, ein Händler mit orientalischen Einfuhrartikeln verehrte ihm indische Räucherpfannen, eine damaszierte Säbelklinge, einen sitzenden Buddha, ein dritter brachte ihm japanisches Kinderspielzeug und ein vierter allerhand bunte Trachtenstücke verschiedener slawischer Völkerschaften. Er besaß einen echten russischen Samowar, ein paar Silbergeräte aus Tula, etliche Dendriten aus der mährischen Schweiz, Fossilien von verbürgtem tschechischem Ursprung, ein paar versteinerte Pfähle von einem Dorfe, welches in prähistorischer Zeit bereits von Urböhmen besiedelt gewesen und dergleichen Schätze mehr.

Anfangs, als sein Vorrat noch gering war, hatte er ihn streng verschlossen und bloß Bevorzugten gezeigt, später aber bei weit gediehenem Wohlstand, als auch immer mehr Gäste ihn aufsuchten und sich um seine Gunst bewarben, hatte er ein behagliches Zimmer, das an den allgemeinen Schankraum anstieß, mit diesen Trophäen überaus lebendig ausstaffiert; da hingen alte Kirchenfahnen und Waffen über Schildern mit den Landesfarben, in breiten Glasschränken lagen die kleinen Zierlichkeiten aus, während manches heimische Hausgerät aus bäurischem Urbesitz die Einrichtung vermehrte und bunte Bilder, stockfleckige Stiche in prunkvollen goldenen Rahmen an den Wänden prangten. Dieses Zimmer nannte er erst scherzhaft, und als es immer reichlicher und schließlich so voll bestellt war, daß man sich nur vorsichtig darin rühren konnte, mit Überzeugung: »das Museum Chaloupka«. Hier zechten, die seinem Herzen am nächsten standen, und dieses Museum gedachte er in seinem Testamente der Stadt Prag als Grundstock einer großen nationalen Sammlung zu vererben.

Der junge Hesky, der im Schankraum mit seinen Gesellen zuweilen ein bescheidenes Mahl zu verzehren pflegte, trat diesem Vater der Reisenden umso näher, je mehr er seine Vaterschaft auch für sich in Anspruch zu nehmen gedachte, bis erschließlich in das Allerheiligste eingelassen wurde, das er nicht ohne frommen Schauer betrat, denn hier grüßte ihn der Geist der Wanderschaft und Ferne, der Urzeit und der Forschung, wenn auch der herzlich Unerfahrene all die versammelten Zeugnisse nicht weiter auf ihren wahren Wert und Gehalt zu prüfen verstand. Und es war in der Tat für ihn ein feierlicher Augenblick, als er dem gutmütigen und hilfsbereiten Gastherrn in diesem Zimmer sein Vorhaben entdeckte, im Namen der tschechischen Nation nach Afrika reisen und dessen unentdeckte Gebiete, die Quellen des Zambesi und was sonst dort noch dunkel war, erforschen zu wollen. Die zweite, stille Absicht, zunächst einmal Prags heißen Boden und damit seine Braut zu verlassen, verschwieg er ihm freilich. Und dies nicht einmal geflissentlich, sondern in aller Selbstverständlichkeit, denn in der Weihe dieser Stunde hatte er deren treibende Ursachen völlig vergessen und nur seine hohe Mission vor Augen.

Chaloupka, der Vater der Reisenden, war über diese Eröffnung freudig erstaunt. Welche Pläne, welche Aussichten! Vor seinem Geiste stand schon die Gestalt des heimatlichen Weltreisenden mit den angenehmen harmlosen Zügen seines bescheidenen Freundes in Bronze gegossen just auf dem Platze vor seinem Hause, da er, der Gastwirt ihn gefördert. Wer sollte den Tschechen noch ihre Armut an schöpferischen Männern vorwerfen dürfen, wenn sie einen Entdecker Afrikas der Welt gegeben! Und weiter bedachte er auch, daß, wenn der Jüngling einst mit seinen Trophäen heimkehrte, dieser eine Raum hier nicht mehr für das Museum ausreichen werde. Dann müßte er eine Türe durchbrechen lassen und ein Zimmer seiner Wohnung eröffnen, auf daß es, mit afrikanischen Dingen ausgefüllt, den Ruhm der Sammlung und seines Namens vermehre. Er sah eine Zukunft vor sich, es war eine Lust, in solchen Zeiten zu leben!

Daher zögerte er nicht, dem Bittenden seine väterliche Billigung und Hilfe angedeihen zu lassen und versprach, sowohl selbst nach Kräften zu der beabsichtigten Entdeckungsreise beizusteuern, als auch von anderen einflußreichen und geldkräftigen Landsleuten Beiträge zu erwirken. So kam nach kurzer Zeit eine Reisesumme zuwege, die freilich nicht überwältigend zu nennen war, aber Heskys kühnste Hoffnungen übertraf. Er konnte mit dem Gelde die Überfahrt bis Kapstadt bestreiten und ein ansehnliches für die weiteren Unternehmungen erübrigen. So war ihm mit dem goldenen Schlüssel das Tor der Welt aufgetan.

Sein Abschied von der Braut vollzog sich überaus rührend, er hatte ihr nämlich – die Wahrheit zu gestehen – keineswegs seine ernsten Absichten, sie zu verlassen, enthüllt, sondern sie an diejenige Absicht weiter glauben lassen, welche einem Frauenzimmer stets als die einzig ernste gilt: sie nach wie vor heiraten zu wollen. Und wie die Weiber einmal sind, schmeichelte es ihr, keinen gewöhnlichen kleinen Arzt, sondern einen Afrikareisenden zum Manne zu erhalten. Er setzte ihr seinen Plan auseinander, sich in Kapstadt nur einmal noch gerade umzusehen, wie es in Afrika stehe, dann solle sie nachkommen, oder er werde seine Entdeckungen in aller Geschwindigkeit machen und wieder heimkehren. Kurz, sie war jedenfalls gefaßt, da sie schon so lange auf ihn gewartet, noch eine weitere kurze Zeit der Trennung zu überdauern, bis er ihr endgültig und für immer angehören müsse.

Er reiste denn guter Dinge fort und fand übers Meer nach Kapstadt. Da sah es nun freilich anders aus, als er es sich vorgestellt hatte. Jeder Tag zehrte an seinem Beutel, Kleider, Wohnung, Essen und Trinken verschlangen sein Bargeld wie die Pfanne das Fett, und er mußte sehr bald von dieser Stadt, welche bereits mehrere Ärzte besaß, wegziehen und in den Diamantengruben seine Praxis beginnen. Denn nur von seinem Einkommen als Arzt durfte er die Mittel zur ersehnten Reise ins Innere zu erwerben hoffen, waren doch seine Hilfsquellen bereits gänzlich versiegt. Arg enttäuscht siedelte er sich in den Diamantengruben bei Kimberley an. Welch eine trübe, schmutzige, hilflose, verderbte Gegend! Es gab keine ordentlichen Häuser, nur eine Art von Zelten aus Eisenstäben mit Blechdächern, für die eine Miete begehrt wurde, als seien es völlige Paläste. Wie in einem Jahrmarkt standen diese Buden auf einem lehmigen und steinigen, weglosen Boden da, von jedem Sturm und Regen bedroht, so daß gar oft das Dach über seinem Haupte weggerissen wurde und die kalten Wettergüsse auf ihn niederprasselten. Er hatte einen Schlafraum und eine ärztliche Werkstätte. Unter welchem Gesindel übte er seine Tätigkeit aus! Schmutz und Ausschweifung waren die Nährväter der Krankheiten, selbst reines Trinkwasser fehlte, alle Elemente menschlicher Gesittung schienen hier zerrüttet und von Grund aus verdorben. Es gab keine Familie, keine geordneten gesellschaftlichen Zustände, nur Abenteurer, die überall auf der Welt sich als zu schlecht erwiesen hatten, glaubten sich hier gut genug, reich zu werden. Das alles grub nach den Diamanten. Lumpen aus aller Herren Gebiet, Holländer, Engländer, Deutsche, die vom Glück begünstigt, in den Feierstunden die wüstesten, lärmendsten Gelage abhielten, wozu bei allem sonstigen Mangel doch sogar hier sich Gelegenheit bot. Wenn keine andere Errungenschaft des Zusammenlebens von Menschen gedeihen will, die niedrigste

Vergeudung von Kraft und Geld gelingt überall. Branntwein und Champagner, internationale Tingeltangel, Operettenmusik und Negertänze, verkommene Dirnen, Zuhälter, Hasardspiele finden sich ohneweiters zusammen. Dazwischen betrunkene Korannas oder Hottentotten, die eine Woche lang als mißhandelte Sklaven in die Gruben gejagt, am Sonnabend ihre Herren an Wüstheit übertrafen, auf dem Platz ein unaufhörliches Schreien, Feilschen, Tiere brüllend und in offenen Hürden stampfend, Pferde, Rinder, dazwischen Buden mit Jahrmarktwundern und Akrobaten, dann eine Straußenherde durchgejagt, hier wieder Farmer und Zeltwagen auf Besuch, den Wirtschaftsbedarf einzuholen, Flintengeknall, Peitschengeklatsch, über allem aber ein trostloser Himmel, öde Landschaft ohne Hügel, ohne Wald, ein Wüstenboden ohne Einsamkeit, in der Ferne das Gebell der Schakale, über dem Haupte Geierflüge, die irgendwo in dem Treiben ein Aas wittern.

Hier begann er seine ärztliche Praxis und erfreute sich großen Zuspruches, denn kein anderer hatte es hier noch ausgehalten.

Wie oft schlief er, zum Schutz vor der afrikanischen Nachtkälte in seine Kotzen eingewickelt, und wurde morgens durch ein Zischen zu seinen Füßen aufgeweckt und sprang in wahnsinnigem Schreck auf, denn eine Kobraschlange hatte in seinen Decken Schutz gesucht und fauchte jetzt empor.

Wie hatte er von der Einsamkeit des fremden Landes geträumt und wie trostlos war diese Einsamkeit ohne Ruhe, dieses wüste Kauderwelsch von bösen oder verlorenen Menschen ringsum, diese Abgeschiedenheit eines geistigen Mannes von jedem würdigen Verkehr, von jeder Anmut des Umganges!

Als er jetzt nach sieben Jahren davon erzählte, überlief ihn ein Schauer, und er bedeckte sein Gesicht mit den Händen und schämte sich. Aber da er schon im Beichten war, verschwieg er nicht, daß er auch hier seinem Schicksale nicht entgangen. Hatte er in Prag eine liebende Braut gefunden, so geriet er hier leider an ein nicht minder dringliches Weib. Ihr habt leicht reden, ihr ordentlichen Männer in Europa, die ihr wählen könnt und Genossinnen nach freiem Ermessen findet! Aber was gilt in den Diamantenfeldern ein Weib! Die schlechteste weiße Frau ist dort ein Schatz des Himmels! Man lauert auf sie, man umwirbt sie mit Revolver und Peitsche, man jagt sie einander ab, sie steht hoch im Preis, wie die Diamanten. Und wer kommt in diese Gottverlassenheit! Sind das noch Frauen? Schön oder häßlich! Er lachte bitterlich. Die Ärgste ist noch ein Wunder Gottes. Wenn einer dort ein Weib hat, starren ihn die anderen an, wie hungrige Wölfe den satten. Jedes Weib ist schön, wie eine Lache dem Verdurstenden gepriesen ist. Mit einer solchen lebte er in seinem Zelt. Er hatte ein Kind mit ihr. Er ernährte sie und erduldete sie. Vor ihm aber dehnte sich die fremde, unermeßliche, wüste Welt und er dünkte sich weiter von dem Afrika, das er erforschen wollte, als da er noch in seinem schönen heimatlichen Prag davon träumte. In diesem Elend darbte er sich den Groschen vom Munde ab und legte sich eine Summe zurück, um zu entfliehen. Einerlei wohin! Das Entdecken galt ihm wahrlich weniger als das Entkommen. Weg aus dem Schmutz dieses Erwerbes, dieses Daseins, weg von diesem Weib, weg von diesem Herd, fort aus dieser tobenden Einsamkeit, die ihn verschlang! Und eines Nachts, nach drei Jahren, brannte er durch; eine Flinte um die Schulter, sein Geld in einer Katze um den Leib gebunden, so machte er sich davon, tagelang durch unwegsame, öde Gebiete, bis er in der freien, fernen Welt aufatmete. Nun ging das Wandern an. Er kaufte in einem Farmerhaus einen Plachenwagen, sechs Rinder als Zugtiere, mietete drei Neger als Diener und Führer und fuhr in das Landinnere, in die Reiche der schwarzen Eingeborenenstämme und jagte; erschoß die Steinbockgazellen, welche am Tage blind sind, die behenden Blauböcke, die hurtigen Schakale, er kam zu den grauen Salzseen, an deren Ufern der Lärm der mannigfachen Vögel zu der heißen Sonne emporstieg. Er reiste durch die Weiler der dürftigen Hottentotten, deren Hütten ärmlicher und kunstloser sind, als die von den Bäumen herabhängenden und im Winde schaukelnden Nester der Webervögel. Wenn es regnete, wurde seine Straße zu einem Strome. Er lauerte auf die eilenden Reiher, auf die bunten Wildenten, auf die vorüberspazierenden Strandläufer, Paviane grimassierten von den Sykomoren auf den armen Menschen nieder, der ihnen wunderlich dünkte, und sie zeigten ihm ihren purpurnen Hintern. Er lebte unter den Negern und lernte ihre einfache, bilderreiche Sprache, indem er sie etwa nach der nächsten Quelle fragte und die Antwort erhielt: »Wenn Ihr jetzt diese Stelle mit Eurem Wagen verlasset, so werdet Ihr zur Zeit, wenn sich der Gebieter Sonne zur Ruhe gelegt, mit der klaren Flut des Wassers, in dem die Springböcke ihren Durst stillen, auch Eure Gefäße füllen können.« Er wurde krank, so krank, daß er fiebernd vor seinem Wagen lag und seine Schwarzen reden hörte: »Wenn er nicht schon tot ist, wird er doch gewiß nicht lange mehr Mais essen und das Zuckerrohr saugen.« Er war Gast von Häuptlingen und Königen und genoß ihre Freundschaft wie ihre Tücke und sah die menschliche Gemeinheit nackt gehen, sie stahlen ihm höchsteigenhändig aus seinem Zelt, was ihnen gefiel und verrieten ihn um ein Pfund Glasperlen. Er litt Durst in der wahnsinnigen afrikanischen Hitze, wo weit und breit keine Spur von Wasser war und glaubte den Himmel offen, als er am glühenden Abend von weitem den erlösenden Gesang der dunklen Mädchen aus dem fernen Dorfe vernahm. Er nächtigte bei großen Feuern, umbrüllt von Löwen, die nach einem Rinde lechzten, dem sie den Bauch aufbeißen wollten, die Zebrahengste wieherten, und aus dem trockenen Boden drang ein Geräusch, als wühlten sich die Toten aus den Gräbern hervor; es waren aber Scharrtiere, die im Sande ihr Futter suchten. An die Stämme des Waldes schlug es wie mit Knütteln. Das taten die Antilopen, die ihre Hörner an den Stämmen wetzten. Oder bei Tage stampfte ihm ein Nilpferd entgegen, man brauchte nur zur Seite zu treten, und es hatte schon vergessen, daß es einem Eindringling drohen gewollt. Welche große, fremde, reiche, unendliche, wunderbare Welt! Und welcher Lärm der Einsamkeit! Tausende Vögel, tausende Arten im Rohr, auf den Bäumen, im Wasser! Herden von Tieren, die ihren Trunk, ihr Futter suchten und mit ihren Stimmen, Tritten, Rufen die Luft erschütterten, dazwischen das tausendfältige Summen der Insekten, langgezogene Schreie der Adler, höhnende Weiberstimmen bunter Sittiche, das schallende Flügelsausen ziehender Wildgänse. Durch diese Welt streifte er mit Flinte und Medizinen, als Jäger und Wunderdoktor, von den Eingeborenen bestaunt, gefürchtet, verehrt, als ein fremder und verabscheuter Gottmensch. Er gab Glasperlen und Ketten und empfing die kindlichen Werke ihres Negerfleißes: Flechtwaren, Felle, Elfenbeinbüchsen, Kalebassen, Holzschnitzereien, Pfeifen, Haarkämme, Armbänder aus trockenen Beerenfrüchten. Er rastete wochenlang in ihren Hütten am Flusse und behandelte des einen krankes Bein, des anderen offene Wunde, einer Königin half er bei der Entbindung und zog ein Negerlein an das Licht, das sich beharrlich weigerte, in diese wunderliche Welt einzutreten.

Und als er endlich, mit Beute beladen, den Wagen mit Kisten gefüllt und mit Naturwundern vollgepfropft, aber arm an Geld und krank vor Sehnsucht nach weißen Menschen, nach der Heimat und Rückkehr, die Küste wieder aufsuchen wollte, bekam er noch ein lebendes Andenken an die schwarze Welt mit: Bella, des Negerkönigs Tochter. Hesky war nämlich wochenlang Gast eines großen Fürsten dieser Stämme gewesen, zu seinen Ehren wurde von der eingeborenen Musikbande auf Kürbisschalen Lärm geschlagen, gezupft, getrommelt, er hatte unter den Damen des Monarchen wählen dürfen und war unter dem Tosen der Eingeborenen in des Königs Barke auf dem Strom gefahren. Und eine der jungen Töchter des Herrschers hatte an ihm ihr Wohlgefallen gefunden, so daß sie bei Tag und Nacht nicht von ihm weichen mochte. Dort hieß sie Liapaleng, er nannte sie Bella, und sie bewunderte sein weißes Gesicht, seine Kleidung, seine Sprache, seine Gebärden, seinen Hochmut, alles was sie nicht verstand. Sie folgte ihm wie ein Hündlein, und wäre sie schon alt genug gewesen, daß man sie ins Dickicht hätte führen, salben, scheren und eine Woche lang vorbereiten können, so hätte man sie nach einem Hochzeitstanz von drei Tagen und Nächten ihm sicherlich als Weib zugeführt. So aber war sie noch ein zehnjähriges Mädchen, dort in dem Lande der frühen Reife unmittelbar vor der Mannbarkeit, man überließ sie ihm daher als lebendes Zeichen der Freundschaft. Er konnte sich dieses merkwürdigen Menschengeschenkes nicht erwehren. Denn ob er zu ihr sprach oder schwieg, sie kauerte zu seinen Füßen, wenn er saß oder lag, sie ging drei Schritte hinter ihm, wenn er unterwegs war, sie grinste, wenn er lächelte, sie heulte, wenn er eine finstere Miene zeigte, war er allein, so warf sie ihr Fellchen ab und tanzte, um ihn zu erheitern, sie half seinen Dienern das Korn mahlen und Brot backen, kochen und Wasser tragen, sie spaltete Holz, sie schichtete Reisig, eines hohen Königs Tochter diente sie wie eine erwachsene Magd bei dem weißen Doktor. Dies alles, weil sie einmal unter der Schar der Frauen ihm zugesehen hatte, wie er schrieb, wie er Kranke behandelte. Als er ihrem erlauchten Vater eine eiternde Wunde gereinigt und den bohrenden Schmerz durch einen duftenden Balsam erleichtert hatte, schrie sie ihm mit bleckenden Zähnen in ihrer Sprache etwas zu. Der Fremde sah sie erstaunt und lächelnd an, und der Dolmetsch gab ihm bekannt, was sie wollte. Sie forderte nämlich den Doktor auf: »Du sollst mich weiß machen!« Hesky ging auf den Scherz ein und sagte: »Da mußt du nur lang genug bei mir bleiben.« Seitdem folgte sie ihm und vertraute seiner Kunst. Auch ihr königlicher Vater zeigte nicht übel Lust, diese Kur einmal wirken zu lassen, und als Hesky endlich Abschied nahm, eröffnete er ihm: Liapaleng sollte dem Njaka anvertraut werden, er möge sie in das große Dorf mitnehmen, wo er im Norden zu Hause sei und sie nach ihrem Wunsche weiß machen, hierauf aber zurückbringen. Denn er werde wiederkehren. Und dann solle sie, die erste Weiße unter ihren Schwestern, göttliche Ehren genießen. Bis dahin sei sie ihm geschenkt.

Da sie gehorsam, demütig, willfährig und anstellig war, ließ er es sich gefallen, nahm sie mit und trat mit all der leblosen und dieser lebenden Beute den Heimweg an.

Nun kam er abermals an die Küste, nach drei Jahren wieder unter Menschen, seit er aber aus der Heimat fortgezogen, waren sechs Jahre vergangen. Jetzt war er freilich ein anderer geworden, ein gebräunter, von Sturm und Hitze, Fieber und Entbehrungen durch und durch geglühter, sozusagen ein dreimal gehärteter Mensch, aber wenn er es bedachte, war er eigentlich weiter gekommen, als da er, ein schmächtiger Bursch, ausmarschiert, seine Zukunft zu erobern? Bettelarm stand er da, seine Ersparnisse dreimal angesammelt, waren dreimal zerronnen. Freilich hatte er unbekannte, weite Länderstrecken durchstreift, die vor ihm keines Europäers Fuß betreten, hatte Karten aufgenommen und sorgfältig jeden Hügel, jedes Tälchen, jedes Wasseräderchen eingezeichnet, hatte wie ein schaffender Gott dieser Welt Namen gegeben und nicht unterlassen, einen Berg, welcher ein väterliches Haupt aus der Niederung erhob, Chaloupka-Spitze, zu Ehren des Gönners und Vaters der

Reisenden, eine Salzpfanne nach seiner Heimat: Chrudimer-See zu nennen, ganz abgesehen von allen den Bächen, Hügeln, Ebenen, die fortan aus dem unerschöpflichen Schatze der Namen des österreichischen Erzhauses getauft, an sein Vaterland erinnern sollten, wo bisher niemand und künftighin wohl nur wenige daran denken würden. Er besaß Sammlungen, die ihm als das Liebste auf der Welt galten und sein ganzes Selbst in diesen Jahren gekostet hatten, aber er kam, wie es das Los der Fahrenden seit jeher gewesen, doch recht arm und bloß unter die Menschen zurück, ein Fremdling und angestauntes Wunderwesen, halb wild wie ein Eingeborener, halb wissend wie ein Gelehrter, aber von einer Kenntnis erfüllt, mit der wenig anzufangen war. Sie taugte gerade noch, einen berühmt und merkwürdig zu machen, so daß die anderen nützlicheren Mitglieder der Gesellschaft ehrerbietig sich über den Wandernarren im stillen verwunderten, aber zu wenig, ihm auch nur ein Gewand und des Lebens Notdurft zu verschaffen. Für seine Sammlung erhielt er keinen Bissen Brot, und es hieß nun, sich die Heimreise wieder zu verdienen. So mußte er sich in dem britischen Küstenstädtchen neuerlich als Arzt niederlassen und durch eine mühselige Praxis die Mittel zur Rückkehr nach der Heimat ersparen. Aber außerdem beschrieb er seine Erlebnisse in den englischen Zeitungen, die dort erschienen, stellte seine Sammlungen aus, hielt Vorträge über die Eingeborenen, erstattete der britischen Regierung Anträge zur Förderung der Gesittung, des Ackerbaues der Neger, zur Erschließung von Handelswegen nach dem inneren Gebiete und erwarb sich in England und an der britischen Küste Afrikas immerhin einen ehrenvollen Namen, dessen Kunde von seinen beflissenen Landsleuten in Prag sehr begierig aufgenommen und weiterverbreitet wurde, so daß er auch zu Hause, wenngleich noch fern, doch bereits als der dankbare und bedeutende Sprößling der Nation galt. Chaloupka, der Vater der Reisenden, erwies sich wiederum besorgt um seinen Günstling, sandte ihm eine Geldsumme zur Heimfahrt, und die österreichische Regierung erwirkte ihm den frachtfreien Transport seiner Schätze. So konnte er nach einem letzten Arbeitsjahre mit all seiner Habe und mit der kleinen Negerin das Schiff besteigen, das ihn nach London führen sollte, von wo er nach Prag zurückzukehren gedachte.

Dort war unterdessen eine bedeutende Bewegung im Gange, ihn zu feiern und als reisigen Nationalhelden zu begrüßen. Chaloupka hatte alle tschechischen Zeitungen zu schwungvollen Artikeln begeistert, und die Kunde von dem Afrikabezwinger Doktor Hesky drang durch das ganze Land. Natürlich befiel diese Siegesnachricht auch seine alte Braut und erweckte längst begrabene Wünsche und Hoffnungen. Nun gedachte sie den Flüchtling endgültig zu gewinnen und sich seiner zu versichern. Sie suchte Chaloupka auf und stellte sich dem Erstaunten als die Braut des berühmten Mannes vor, die herzlich und zuversichtlich acht lange Jahre, ohne der früheren Zeit zu gedenken, des Abwesenden geharrt. Zwar war sie recht derb und herb geworden, aber jedes graue Haar, jede Falte um ihren Mund, jede Runzel in ihren Augenwinkeln legte höchst ehrenvolles Zeugnis für ihre Geduld ab. Und wenn auch Chaloupka den Geschmack seines Schützlings nicht teilen wollte, so war doch die Legende solcher, alle Hindernisse der Trennung überdauernden bräutlichen Treue zu köstlich, um nicht vor der ganzen tschechischen Öffentlichkeit als rührender Beweis der nationalen Weibeswürde zu dienen. Die Außenstehenden brauchten ja nicht zu wissen, wie die Heldin aussah, wie alt sie war, und daß ihr die Vorderzähne fehlten. Genug, die acht- und mehrjährig Verlobte hatte sich dem Geliebten aufbewahrt. Der Ausschuß, der sich zur Begrüßung und weiterer Förderung Heskys gebildet hatte, zog sie als Ehrenjungfrau bei, und schließlich reiste Chaloupka mit zwei anderen Herren und mit der berühmten Jungfrau nach London ab, um Böhmens großen Sohn beim Betreten europäischen Bodens willkommen zu heißen.

Diese kleine Schar stand am Ufer der Themse an der Landungsbrücke und erwartete das Schiff, das den Ersehnten hierher bringen sollte. Nichtsahnend, zufrieden, die Beschwerden der sieben afrikanischen Jahre und die letzten Mühseligkeiten der Seefahrt hinter sich zu haben, bestieg Hesky mit der kleinen Bella das Boot, das vom Schiffe abgelassen wurde, um die Reisenden ans Land zu setzen.

Von ferne sah er die tschechischen Fahnen winken, Sacktücher wurden geschwenkt und eine gemietete Kapelle spielte das »Kde domov mui«, Himmel und Hölle, wer stand dort am Landungsstege neben Chaloupka? Berta, seine gewesene Braut! Und darum Afrika und sieben Jahre der Mühsal! Hesky winkte mit beiden Händen zur Abwehr und rief, mitten in die Hurrahrufe der Begrüßenden, mitten in das Dröhnen der Blechmusik: »Liebe Berta, das ist nichts mit uns! Ich habe dir ja geschrieben! Du hast meinen Brief bekommen! Daraus wird nichts!« Er wollte gar nicht aussteigen und lieber nochmals nach Afrika zurückkehren, als in die Arme seines Begrüßungsausschusses sinken. Aber schon war der beleibte Chaloupka auf das Boot gesprungen und holte den Widerstrebenden rettungslos ans Ufer.

Da stand er nun wieder im alten Elend! Nur mit Mühe konnte man ihn daran hindern, auszureißen und vor der ganzen tschechischen Heimat das Weite zu suchen. Mit seiner gewesenen Braut sprach er kein Wort und zeigte nur ein finsteres Gesicht, denn nun war ihm seine ganze Biographie versalzen. Das arme törichte Frauenzimmer wußte sich nicht zu helfen, so wandte sie sich mit bittersüßer Zärtlichkeit an Bella und tat ihr schön, obgleich sie im Herzen einen gewissen Argwohn nicht unterdrücken konnte, als sei die kleine Negerin irgend ein Zeugnis von Heskys unerlaubten Erlebnissen im fernen Afrika. Diese aber ging auf die täppischen Annäherungsversuche nicht ein, sondern fletschte ihr einmal mit einem Schrei entgegen, so daß Berta entsetzt zurückfuhr, und als sie, um das innige Interesse für alles, was den geliebten Mann betraf, zu beweisen, ihr wiederum den seidenweichen, braunen Arm streichelte, bekam sie von dem schwarzen Kind einen so gründlichen Schlag auf die Hand, daß sie mit einem teilnahmesuchenden Blick auf die Gefährten, entrüstet von der Wilden abrückte und weitere Bemühungen, die Spröde zu gewinnen, aufgab.

Unterdessen hatte Hesky Gelegenheit gefunden, seinem Gönner das Nötige zu erzählen. Um keinen Preis wollte er mit dieser zudringlichen Person heimkehren und sich ein Verlöbnis aufzwingen lassen, vor dem er seinerzeit bis nach Afrika entflohen war. Genug hatte er ausgestanden, genug unternommen, um endlich vor ihr Ruhe zu haben. Er mochte nichts mehr von ihr hören, am wenigsten aber die Unselige vor seinen Augen wissen. Chaloupka sollte sie irgendwie wegschaffen, sonst müsse er unbedingt wieder davongehen und sich vor dieser ungebetenen Treue in irgendeinen Winkel verkriechen. Der Vater der Reisenden bedurfte jetzt seines höchsten politischen Talents, ihn zur Vernunft zu bringen. Dieses Mädchen sei vor der ganzen Nation mit seinem Schicksal verbunden. Er schulde seinem opferwilligen Volke doch auch einige Achtung. Freilich, hätte er, Chaloupka, früher gewußt, wie die Dinge lagen, so wäre das Ärgste etwa zu verhindern gewesen, aber jetzt seien alle Blätter von ihrer Treue durchdrungen, Berta gelte nachgerade als Verkörperung der tschechischen Weiblichkeit, die nicht straflos beleidigt werden dürfe. Nun könne er ihr und sich nicht die Schande antun, das Mädchen zu verleugnen, welches – so stand ja überall zu lesen – auf den fahrenden Helden treu gewartet habe, wie einst eine gewisse Griechenfrau – wie hieß sie doch nur – auf einen viel umhergetriebenen Gemahl. Aus Rücksicht auf den würdigen Mann, dessen Zorn er nicht heraufbeschwören wollte, ließ sich Hesky bewegen, in der peinlichen Gesellschaft zu verbleiben, und so kehrte der Begrüßungsausschuß etwas niedergedrückt heim, wo er sich schleunig zerstreute, die enttäuschte Braut ging zu ihrem erbitterten Vater, Chaloupka in sein Gasthaus, Hesky in sein elterliches Dörfchen, wohin er Bella zu seiner Mutter brachte, die als rüstige Greisin den großen Sohn bewillkommte, und die übrigen in ihre Behausungen.

Aber es wurde dem vielduldenden Manne nicht leicht gemacht, Ruhe und Behagen zu finden, denn Berta, die auf gute Weise nicht in seinen Besitz kommen konnte, versuchte es nun im Bösen, nämlich auf dem ordentlichen Rechtswege, indem sie einen Advokaten mit der Klage gegen Hesky wegen Bruches eines Eheversprechens betraute. Nur gegen eine beträchtliche Summe war sie bereit, von dem geliebten Manne abzulassen, um derart wenigstens in gutem Gelde einen Anteil an ihm zu gewinnen. Wollte er daher sich endlich ganz von ihr losmachen, so mußte er eine Summe in die Hand nehmen, die ihn instandsetzte, mit Ehren auf die treue Berta zu verzichten. Um dieser Summe willen mußte er berühmt werden. Da zeigte sich nun, wie schwierig und ungleich es um die Berühmtheit steht. Der Doktor Hesky erfreute sich in England eines guten Namens und die tschechischen Blätter priesen ihn, in der Heimat galt er viel, aber eben darum verschwiegen ihn die deutschen, und in dem übrigen Österreich war er ganz und gar unbekannt. Der britische und tschechische Ruhm vermochte ihm nicht mehr zu bieten, als was er eben bisher bereits erlangt, einen Begrüßungsausschuß und eine eifrige Braut. Das Geld, diese wieder los zu werden, konnte er nur von der deutschen Wissenschaft und Bevölkerung erwarten, denn der begrenzte Kreis der Stammesgenossen war zu arm, seine Leistung mit irdischen Gütern zu belohnen. So stand er nun, fremd und hilflos, in all seiner unschuldigen Glorie recht verlassen da und mußte sich, obgleich von Herzen tschechisch gesinnt, auf den Weg nach Deutschland machen, um den schnöden aber unentbehrlichen Mammon zu gewinnen. Denn er wollte die treue Berta abfinden, und da er nun einmal wohl oder übel Afrikareisender geworden, galt es, diesem Berufe auch fernerhin nachgehen zu können. Und auch dazu bedurfte er des Geldes und des Ruhmes. Während jeder nichtige Bürger sonst im Lande für seine Arbeit einen bescheidenen Lohn fand, wovon er leben konnte, mußte er, der ein Gebiet von vielen hundert Meilen der zivilisierten Welt eröffnet hatte, betteln gehen. Das ist so das Schicksal der ungewöhnlichen Leute, daß sie die Menschheit, für die sie leben, noch inständig darum bitten müssen, es gütigst zu erlauben. Dies waren die Gründe, warum er in aller Stille seinem heimatlichen Ansehen entwichen und nach Wien gefahren war. Er hatte geglaubt, sein Ruf sei ihm längst vorausgeeilt, die gelehrte Gesellschaft zumindest würde doch seinen Namen kennen, die Vertreter seines Faches ihm freundlich entgegenkommen, aber siehe da, keiner wußte von ihm. Der verehrte Präsident hatte ihn höflich allerdings, aber entschieden abgelehnt und schien es keineswegs für seine Pflicht zu halten, einen Forscher der Völkerkunde auch nur anzuhören. Vielmehr wies er ihn an seinen Diener. Offenbar sei es auf der Welt der Brauch, daß ein Gastwirt einem Reisenden, ein armer Diener einem Afrikaforscher, etwa ein Gemischtwarenhändler einem Dichter oder ein Strumpfwirker einem Musiker sich als väterlicher Beschützer erweise, während die ehrenwerten Berufsgenossen einen rechten Spaß hatten, zuzuschauen, ob der Ertrinkende einen Halm fände, sich über Wasser zu halten. Erst wenn er glücklich ersoffen sei, hätte er wohl Aussicht auf ein schönes Begräbnis und auf eine ehrenvolle Denkrede des Präsidenten der ethnographischen Gesellschaft. Das heiße dann allenthalben: Opfer der Wissenschaft. Aber in Wahrheit sei wohl jeder Mensch, der nicht im Gewöhnlichsten aufgehe, ein Opfer seines Willens und seiner Torheit.

Dieter, welcher dem bitteren, wie im einsamen Selbstgespräch vorgetragenen Bericht des radebrechenden Gastes geduldig und mit

Teilnahme zugehört hatte, tröstete ihn heiter und zuversichtlich. So sei es nun einmal in der geistigen Welt eingerichtet, daß jeder, was ihn am nächsten angehe, am wenigsten wahre und sich vielmehr nur um das Fernste bekümmere, darum müsse man eben dort die Hilfe suchen, wo sie sich biete und sie von denen nicht erwarten, deren Pflicht sie von Rechts wegen sei. Er wolle sich schon des Herrn Doktors annehmen und eine Ausstellung zuwegebringen, die allen Leuten die blöden Augen aufreißen werde. Aber zunächst gelte es, in der Audienz beim Kaiser recht zuversichtlich aufzutreten und möglichst viel herauszuschlagen, ferner einen Zimmermann anzuwerben, der den Saal herrichte und schließlich die Negerkönigstochter nach Wien zu bringen, die als lebendes Zeichen und Zeugnis der Reise die Hauptanziehung des Unternehmens darstellen müsse.

Hesky erklärte, er wisse für diese Arbeiten einen Vetter in seinem Dorf. Der hieß Tesař, was zu deutsch Zimmermann bedeutet. Obgleich vielleicht auch hierin der Stadt einer dem schwierigen Werk, ein paar Bretter an einen Fußboden zu nageln, sich gewachsen gezeigt hätte, bestand Hesky gerade auf seinem Landsmann und Anverwandten. Der sollte auch gleich Bella mitbringen, die unterdessen als Magd bei seiner Mutter grobe Arbeit verrichtete.

In den nächsten Tagen nahm das Unterfangen mit der eifrigen Hilfe Dieters den erwünschten Fortgang. Hesky wurde in der Audienz gütig und huldreich empfangen, in seiner Muttersprache über alle seine Erlebnisse ausgehört und um seine Wünsche befragt, so daß er auch die Bitte vorbringen konnte, im Amateurpavillon seine Schätze ausstellen zu dürfen. Dies wurde ihm gnädig gewährt und sogar der allerhöchste Besuch verheißen. Schließlich fragte die Majestät, ob der kühne Mann seine Erlebnisse nicht in einem Werke für Mit- und Nachwelt niedergelegt habe. Hesky, der zwar zu reisen, aber nicht zu schreiben verstand, merkte gleich, daß ihm hier eine ernste Pflicht auferlegt sei, da selbst die schönste Exkursion nicht geglaubt zu werden braucht, wenn sie nicht schwarz auf weiß überliefert ist. So bejahte er denn mehr dreist als wahrhaftig, er habe zwar vorerst nur Tagebücher und Notizen, hoffe aber jetzt die endliche Muße zur sorgfältigen Niederschrift zu finden und erbitte sich die hohe Gnade, dem kaiserlichen Herrn das vollendete Werk seinerzeit zueignen zu dürfen, wie denn sein ganzes Leben und Streben dem großen Vaterlande gewidmet sei, für das er jede Mühsal, selbst den Tod in der Fremde zu erdulden als das höchste Glück schätze. Auch dies wurde huldvoll anerkannt und der kleine tschechische Doktor mit der Zusicherung jeder wünschbaren und möglichen Unterstützung wohlwollend entlassen.

Nun ging in dem Praterpavillon das eifrigste Arbeiten an. Tesař der Zimmermann, ein junger kräftiger Bursch, der in einem abgetragenen schwarzen Anzuge mit brennroter Krawatte erschienen war, hämmerte und sägte nach Leibeskräften. Man packte die Kisten aus, ordnete die Schätze, in dem großen Saale wurden Wände behängt und ausstaffiert. Dieter beschaffte die nötigen Schränke. In einer Ecke schlug man die dürftigen Lagerstätten auf, wo Hesky, Tesař und Bella schlafen konnten, in einer anderen stand ein Tisch, an dem sie ihre Mahlzeiten einnahmen. Ein Pratergasthaus stellte das nötige Geschirr bei, und so richtete man sich in dem Wirrwarr der künftigen Ausstellung häuslich ein.

Dieter ließ mächtige schwarzgelbe Plakate drucken, in denen die bevorstehenden Sehenswürdigkeiten vernehmbar angekündigt waren, und er selbst ging mit seinem Buben, einen Kleistertopf und Pinsel in der Hand, in der Stadt umher und beklebte die verfügbaren Wände mit diesen Zetteln. Für den Knaben bedeutete dies die schönste Arbeit der schulfreien Zeit. Er fühlte sich dabei als Miturheber des großen Werkes.

Endlich war alles so weit fertig, daß man eröffnen konnte. Geweihe und Gezälm aller Art, bunte, verschiedenartige Felle hingen an den Wänden, ausgestopftes Getier stand schweigend und doch beredt umher, ein Krokodil sperrte seinen drohenden Rachen auf, eine Cobra wand sich an einem Stamme empor, als wollte sie gleich niederzischen, in der Mitte war eine Negerhütte aufgerichtet, aus Zweigen und Reisig und Bambus naturgetreu hergestellt, wie in der afrikanischen Gegend selbst, darin die Hausgeräte der besuchten Stämme. Ferner gab es kolorierte Zeichnungen, die der Doktor Hesky selbst angefertigt hatte, auf denen die Gestalten der verschiedenen Negerrassen prangten mit ihren Wulstlippen und Locken, Nasenringen und tätowierten Leibern, Karten, die seinen Weg durch diese unermeßlichen Weiten zeigten. Kurz er gab, was er hatte und Dieter fügte aus eigenem noch etwas mehr dazu, indem er manche sonstigen Schätze beistellte, die nicht gerade aus Afrika stammten, aber ohneweiters mittun konnten und die Fülle vermehrten.

Schließlich galt es, Bella als das lebende Zeugnis dieser Reisen auszustaffieren. Dieter meinte, sie solle von Rechts wegen so herumlaufen, wie sie daheim lebte, und wie es sich für sie gehörte, in einem schönen Schurz vom Schabrakenschakal, mit blauen Glasperlen um den Hals, mit bloßen Armen, einem feinen Nasenring, Beerenbändern an den Knöcheln und mit ihren natürlich geringelten Haaren. Aber da kam er schön an, als er sie auf diese Weise herrichten wollte, denn sie trug seit ihrer Ankunft im Norden ein buntes Wollkleid, Schuhe, Strümpfe und war recht europäisch-tschechisch ausgeziert. Und dies gefiel ihr auch, da sie ja eben keiner Negerin, sondern einer Weißen gleichen wollte, um dereinst, wie ihr versprochen war, auch in Wahrheit eine Weiße zu werden. Sie schlug und biß um sich, als Dieter sie bewegen wollte, ihre heimatliche Tracht umzutun und schrie den braven Mann mit tschechischen Scheltworten an: »Du verfluchter Hundsknochen, du schmutziger Lausekerl, du stinkender Rekrut« und wie dergleichen Ausdrücke ihr beikamen, die sie in den etlichen Monaten ihres Aufenthaltes im tschechischen Dorf sich sehr rasch angeeignet hatte. Wußte sie auch nicht genau, was die Worte bedeuteten, so kannte sie doch die abwehrende Kraft eines wohlgelungenen Schimpfes und bediente sich ihrer weidlich. Das gab nun einen Heidenspaß, bei dem Tesař und Hesky und wohl oder übel auch Dieter ihr Vergnügen hatten. Der Doktor schüttelte den Kopf: »Lassen wir sie. Man glaubt ihr schon, was sie ist«

Es blieb schließlich nichts übrig, als daß ihr die Frau Dieter aus weißem Zeug ein Konfirmationskleidchen nähte, mit offenem Halse und spitzenbesäumten kurzen Ärmeln. Das ließ sich Bella wohlgefallen, besah sich eitel im Spiegel und duldete nun auch die Glasperlenhalsbänder, die ihr als allgemeiner Schmuck nicht unlieb erschienen.

So wurde die Ausstellung mit Gepränge eröffnet. Bella stand vorne beim Eingange an der Kasse, um den Besuchern einen richtigen Vorgeschmack der fremden Dinge zu geben, bald mit mürrischem Gesicht, bald grinsend, so daß ihr Mund bis zu den Ohren zu reichen schien und ihre weißen Zähne aus dem roten Rachen leuchteten; versuchte einer, sie zu streicheln, so fauchte sie ihn an, lächelte ein anderer, so zeigte sie ihm die Zunge oder spuckte verächtlich aus, kurz, ohne es zu wollen, verübte sie allerhand Kurzweil und diente als Beweis ihrer eigenen Ungezähmtheit, wie es ja beabsichtigt war. Nicht geduldig genug, sittsam an der Kasse zu stehen oder zu sitzen, fuhr sie mit einemmal wie mit einem Katzensprung durch die Besucher auf den Doktor los und redete in ihrer Muttersprache auf ihn ein, oder sie ersah bei einem Gaste irgendein Ding, das ihr wohlgefiel, eine glänzende Berlocke, einen interessanten Spazierstock oder dergleichen und trachtete es entweder mit unterwürfiger Gebärde zu erbetteln oder mit Drohungen zu entreißen. Immer wurde sie zurückgehalten und mußte wie ein wildes Tier bewacht und vor sich selbst geschützt werden. Für Geschenke war sie empfänglich, sie nahm Geld und band es gleich in einem Schnupftuche ein, Zuckerwerk fraß sie, elegante Damen umschmeichelte sie wie ein Hündlein und liebkoste ihre weichen Kleider. Als ein würdiger Gelehrter, der einen schönen schwarzen Lockenkopf hatte, eintrat und sie heiter ansah, grinste sie ihm vertraulich zu und zerrte ihn unversehens bei den Haaren, indem sie mit der anderen Hand auf ihren eigenen Kopf wies, der ähnlich ausgestattet erschien.

Es kam ein Kadett in seiner glänzenden Uniform, ein hübscher Bursch. Da war es vollends um sie geschehen. Sie begann unaufhaltsam um den verlegenen jungen Mann umherzutanzen, sich zu drehen und zu beugen mit vorgestreckter keuchender Brust, die sie ihm zu zeigen und wieder zu entziehen schien, dann mit frech herausgetriebenem Bauch und ausschlagenden Beinen, wie sie es daheim gesehen hatte, wo die Natur die Weiber solche Tänze lehrt, sich anzubieten und ihren Trieb zu offenbaren. Sie zerrte lachend und toll an ihren Kleidern, um sie sich vom Leibe zu reißen und aus freien Stücken in einem echteren Naturzustand sich darzustellen, als ihn Dieter früher gemeint hatte, der sie nun als Aufseher der ganzen Veranstaltung mit vieler Mühe bändigte und in ein finsteres Nebenzimmer einschloß, wo sie Zeit hatte, über die guten Sitten Europas und der weißen Tugend nachzudenken und ihrer eigenen schwarzen Seele inne zu werden. Drin aber schämte sie sich keineswegs, sondern tobte und schlug rasend an die Tür, so daß ihre Schreie, ihr Geheul und Gestampf halb belustigend, halb schauerlich hervordrangen. Ein Kind an Jahren und Vernunft war sie doch hier in der Gefangenschaft in dem Alter, wo ihresgleichen zu Hause dem Gatten gegeben wird und den Mann verlangt. Da hatte sie es freilich nicht leicht, so zahm und fromm zu werden, wie die Weißen.

Später trug man Sorge, ähnliche zwar interessante, aber peinliche, ja gefährliche Zufälle dadurch zu vermeiden, daß man Bella entfernte, wenn von weitem ein Offizier oder andere Besucher sich zeigten, die etwa ihre lebhaftere Teilnahme erregen konnten. Sonst führte sie sich auf ihre Weise ziemlich artig, halb sittsam, halb ungebärdig, von heiter ausgelassener, nicht unliebenswürdiger Wildheit, so daß sie als die interessanteste Sehenswürdigkeit unter dem ganzen toten Kram geschätzt war. Wie es nun einmal die Art der Wiener ist, zu ernsten und fremden Dingen ein gemütliches und lustiges Verhältnis herzustellen, freundeten sich die Besucher bald gerade mit ihr an, kamen ihr zuliebe wieder, brachten ihr Süßigkeiten, Backwerk, Schokolade, Obst mit, oder billige Schmuckstückchen, blaue Ringlein Vergißmeinnicht, blinkende Ketten aus Katzengold, Lebzeltherzen oder bunte kleine Bilder mit Heiligen und frommen Sprüchen und ließen sich mit ihr in Gespräche ein, fragten sie um allerhand, wobei sie die Worte durch eine unbeholfene Gebärdensprache verdeutlichten, die Bella entweder mit Urlauten ihrer heimatlichen Rede oder mit Zeichen beantwortete, oder wenn ihr die Sache zu bunt wurde, mit einem tschechischen Fluch oder indem sie mit der Hand zu einer Ohrfeige ausholte.

Diese Ausstellung, namentlich aber Bella, die Negerkönigstochter machten den Doktor Hesky in Wien bald volkstümlich und zu einer halb interessanten, halb lächerlichen Figur, wie es immer der berühmte Mann in der gemeinen Welt ist, die an allem Ungewöhnlichen nur den Spaß sucht und würdigt. Den Hauptteil der Besucher stellten die Einwohner der Leopoldstadt. Dieser merkwürdige Bezirk hat vor allen übrigen seine besondere Eigenart und Geschichte. Er streckt sich bekanntlich auf der großen, von zwei umfassenden Donauarmen gebildeten Insel aus, die mit der inneren Stadt durch Brücken verbunden, ihr eigenes Leben, ihre wunderliche Bevölkerung, ihre besonderen Sitten wahrt. Hier hatten die Juden, nachdem das Ghetto gefallen war, sich aus freien Stücken, wie sie es nun einmal gewohnt sind, ein neues errichtet, wo sie vom Strome, wie

ehemals von Schutzmauern umfriedet, ihre natürliche Gemeinschaft
aufs lebhafteste erhielten und recht eigentlich genossen. Hier blieben sie unter sich und gingen ihren Geschäften und Geselligkeiten
nach; in den alten und neuen Gassen des Bezirkes stehen ihre verschiedenen Läden, lebt der eigentümliche Schmutz der untergeord-
neten Wirtschaften, erschallen die ursprünglichen, südlich lebhaften
Laute ihres Gespräches, da sieht man noch heute ihre schwungvollen Gebärden, die Frauen erfreuen sich hier der auffallenden,
prunkvollen Kleider und grellen Schmucksachen, an Festtagen be-
wegt sich die ganze Menge, arm und reich, zu Wagen oder zu Fuß
in den nahegelegenen Prater, wohin auch die Leute der übrigen
Stadt, nach Erholung und Lustbarkeit gierig, zusammenströmen. Im
Prater vollzieht sich dann die ungezwungene Sammlung aller Stände der Bevölkerung, indem die prächtige Hauptallee mit ihren hohen, üppigen Kastanien von Fußgehern wimmelt, die mehr oder
minder laut, je nachdem sie in der Leopoldstadt zu Hause sind,
oder von weiter herkommen, die Wagen bestaunen und bekritteln,
in denen die Reichsten spazieren fahren: die Angehörigen des österreichischen Hochadels, die Damen der guten bürgerlichen Gesellschaft oder reich gewordener ehrsüchtiger Emporkömmlinge, törichte Schwindler mit ehelichen oder unehelichen schöneren Hälf-
ten, Schauspielerinnen oder Halbweltdamen von großartigem Ansehen, kurz was immer in Wien Geld hat oder borgt. Im »Wurstelprater« aber vereinigt sich das harmlosere niedrige Volk beim Vergnügen an Speise und Trank, an Lärm, Musik und Tanz, an dürfti-
ger Liebesleidenschaft, an phantastisch-ärmlichen Sehenswürdigkeiten. In der ganzen beweglichen, vielgestaltigen Masse bleibt aber
die Leopoldstadt der zähe, unvermeidliche Bodensatz, ihre Stimme
und Art bildet den Grundton des mannigfachen Lärms, und sie ist
vom grünen Lustgarten bis zu den Brücken, die nach der inneren
Stadt führen, die Heimat und Herrin des ganzen abenteuerlichen,
wogenden Lebens, das sich auf ihrem Boden abspielt. Jede Stadt hat
ihren Sammelbezirk der Wunderlichkeiten, wo alles Abenteuer aus
allen Weiten seinen Eingang sucht und wie in einem Staubecken
zurückgehalten wird, damit es die übrigen Gebiete nicht überflute
und zerstöre. In Wien aber bleibt die Leopoldstadt ohne Zweifel
diese Herberge alles Fremden, das von der Residenz aus allen Gegenden herbeigelockt, irgendwo anfliegt und haftet. Nach manchen
Sprichwörtern und volkstümlichen Gassenhauern kommt in Wien

jegliches Absonderliche bei der»Taborlinie« hereingezogen in die östlichste deutsche Großstadt. Tag um Tag wandert der Osten in allen seinen Gestalten immer neu durch die offene Gasse in diese Stadt, und was die nähere und ferne Welt draußen an merkwürdigen Erscheinungen und Leuten erzeugt, spaziert in der Tracht des Märchens durch die Taborlinie. Da kommen die slowakischen Bauern mit den Schafpelzen, ihre Frauen mit den bunten Kitteln und Kopftüchern, da kommen die Viehwagen, auf denen die großen Kälber wehmütig brüllen. Bierwagen rollen, von schwarzhäutigen, krummhörnigen Ochsen gezogen, mit schweren Fässern herein, beladene Karren und ländliche Fuhrwerke, von Bauern und beleibten Wirten gelenkt, rasseln auf den Markt, aus den Bahnzügen, welche die Rohstoffe herbeischleppen, die zu all den bunten Schätzen verarbeitet werden, führt man die Ware weg. Da kommen aber auch die schmutzigen, fremden Juden herein, mit ihren langen schwarzen Röcken, mit ihren grauen Patriarchenbärten und mit den gedrehten Locken an den Schläfen, mit den schweren Bündeln auf dem Rücken, worin ihre ganze Habe und vielleicht der Marschallstab künftiger kaufmännischer Herrlichkeit verborgen sein mag, manch einer führt etwa einen kleinen Knaben an der Hand, der über seinen Kaftan stolpert und mit großen, wehmütigen Augen die grausame, unendliche Welt betrachtet, die sich auftut, um ihn zu verschlingen und zu verwandeln. Denn irgendwo findet er hier, in der Leopoldstadt ein Quartier und lernt, sich unter den Leuten umzutun und zu behaupten. Und das ist wahrlich keine geringe Sache, denn mehr als jeder andere Fremdling bleibt er einer in jedem Lande, dem der Fluch seines Volkes, das Los der Fremdheit bitterlich ins Gesicht gezeichnet ist und nie verschwindet. Aber ein paar Jahre vergehen, und er hat seine alte Tracht abgetan, seine östlichen Sitten, so gut es geht, zu verheimlichen, zu vergessen gesucht und den Europäer, den Einheimischen spielen gelernt, wenn er es vielleicht auch noch nicht geworden ist. Er heiratet, er treibt seine Geschäfte, und Frau und Kinder stolzieren schon in der übermäßigen Herrlichkeit der westlichen Mode; Seiden aus Paris, leuchtende Hüte, wallende Federn, lebhafte Brillanten und durchschlagender Naturlaut der heftigen Rede verraten die Herkunft aus einer fernen fremden Zeit und einem fernen fremden Land. Gerade indem sich einer demütig und ehrgeizig angleichen will, tut er um eins zu viel und bleibt, was er gewesen: der ungebetene Gast. Aber eine tiefe, eingeborene unverlierbare Lust fesselt ihn an alles Abenteuerliche, das irgendwo auftaucht und ihm brüderlich nahe tritt. So bietet gerade dieser Bezirk die willkommene Zuflucht für alles, was unerhört, wunderbar, besonders und lebhaft erscheint. Alle Sitten und Bräuche, die in der strengen Arbeitswelt der Großstadt an die Urtriebe der spielerischen, leidenschaftlichen Menschheit mahnen, entfalten sich hier und finden ihre Stätte. Der Geschäftseifer kommt dem innersten Drange des Gemütes entgegen. Im Prater stehen die einfältigen Schaubuden, bei denen sich der Pöbel belustigt, aber hier tragen auch die reichen Leute ihre Vergnügungssucht zu Markt, mitten in den tiefen Auen sind die Rennplätze, wo die Pferde nach dem Ziele gepeitscht werden, wo das Publikum atemlos die Farben der Jockeis durch das Feld jagen sieht, wettet, auf die Bänke steigt, brüllt und dem Sieger zujubelt, wie immer und immer, seitdem die Welt zwischen Arbeit und Spiel die kurzen Tage des menschlichen Lebens teilt.

So war auch der Doktor Hesky, der Afrikaforscher nicht ohne tiefere Weisheit des Zufalles just in den Prater geraten und fand in den Bewohnern der Leopoldstadt die eifrigsten Schätzer seiner Taten und seines Ruhmes.

Wie es nun geht, hatten sich bald auch Bewunderer, Neugierige, Gönner um ihn gesammelt, und es galt manchem als standesgemäß, mit ihm bekannt zu sein, ihm gar freundschaftlich auf die Schulter klopfen und etwa im Kaffeehause sagen zu können: »Mein Freund, der Doktor Hesky, Sie haben ja gewiß schon von dem berühmten Afrikareisenden gehört!« Gutmütig und vielleicht auch vom unerwarteten Erfolg ein wenig geschmeichelt, ließ sich dieser die Huldigungen gefallen, sind sie doch die einzige Art, der eigenen Bedeutung inne zu werden, die sich in der Torheit der Mitwelt wunderlich verzerrt abspiegelt und darstellt. So kam es, daß manches Mal am Abend nach Schluß der Ausstellung allerhand Gäste zurückblieben und sich um den Forscher scharten, der nun als freundlicher und geduldiger Wirt seine Abenteuer in Afrika zum besten gab. Am nächsten hatten sich drei Ureinwohner der Leopoldstadt angeschlossen: Herr Silberstern, seine Gattin und Tochter. Herr Silberstern war ein, wie es hieß, wohlhabender Händler mit Pferden und Fahrzeugen. Er wußte zumindest diesen Ruf des Vermögens durch eine zuvorkommende und zugleich leutselige Manier zu behaupten, indem er dem Doktor Hesky allemal Geschenke mitbrachte, die an sich keinen großen Wert hatten, aber immerhin Zeugnis ablegten, daß er fein zu leben verstand: bald ein Fäßchen Slivowitz, bald eine Büchse Astrachankaviar oder eine Flasche Kognak von angeblich besonderer Marke oder ein Taschenmesser, welches fünfundzwanzig Werkzeuge enthielt, die ein Afrikaforscher auf Reisen durchaus nicht entbehren kann. Seine Gattin segelte mit größerem Prunk als eine breite Gallion zu seiner Linken und erzählte von ihrem Salon, wo sich allwöchentlich eine gleichgesinnt und beleibte Damenschaft zum Tee und Pokerspiele einfand. Die Tochter aber war der Glanzpunkt seines Hauses und das gediegenste zweifelloseste Erzeugnis, das er aufzuweisen hatte, eine üppige Jungfrau in den zwanziger Jahren der Blüte, mit weißer Haut, starken, gesunden, leuchtenden Zähnen, lüsternen Augen, mit glänzenden Brillantboutons und einer stark geschwungenen Nase. Die drei bezeugten dem Doktor Hesky die stärkste Teilnahme. Die Jungfrau, weil ihr der Gedanke schmeichelte, ihr Schicksal an den Namen eines zur Zeit in aller Munde lebenden Helden geknüpft zu wissen und derart von allen Freundinnen beneidet und bewundert zu werden. Bedeutet für den Mann eine große Tat, eine angesehene Stellung, reichlicher Erwerb das Endziel, so ist es für die Frau doch schließlich immer die Eroberung des bestmöglichen Gemahls, und eine gute Ehe gilt stets als die höchste und beste weibliche Laufbahn. Die Eltern wieder hielten in ihrem heimlichen Rate den interessanten Mann zweifellos für eine gute Partie. Freilich mochten seine Reisen beschwerlich und gefahrvoll sein, aber eine hohe Lebensversicherung konnte diese Drohung ausgleichen und ein anvertrautes Gut, wie die heiratsfähige Tochter, mochte doch reichliche Zinsen tragen, wenn der künftige Gatte es verstand oder lernte, die großen Schätze richtig zu heben, die in dem fremden Erdteil zweifellos auf dem Boden lagen und nur des Finders warteten. Welche Möglichkeit bot eine solche Verbindung kommerziellen Geistes mit wissenschaftlicher Führung! Freilich mußte man in den Kauf nehmen, daß der kleine Mann ein hartnäckiger Böhme war, der durchaus nur dem Entdeckungsdrange leben zu wollen schien, aber eben darum war er ja berühmt geworden, ein solcher Name galt als Kapital an sich, mit welchem Rosa in der ganzen Welt Staat, der künftige Herr Schwiegersohn aber Geld und Glück machen konnte.

Diese drei blieben am häufigsten im Amateurpavillon zurück, und nach Schluß der Ausstellung ergab sich ein ungezwungenes Abendessen im weiten Saale.

Über den Tisch wurde ein rotgeblümtes, grobes Tischtuch ausgebreitet, Hesky hatte kalten Aufschnitt in erheblichen Mengen eingekauft und auf einer Schüssel einladend ausgelegt.

Vom benachbarten Pratergasthause, das Teller, Messer, Gabeln und Gläser herlieh, holte der kleine Josef Dieter mit Bella in mehreren Krügen eine gehörige Tracht Bier, und die Gesellschaft setzte sich auf ein paar alte Rohrsessel, auf Bretter, die über Fässer gelegt worden, behaglich zum Schmause. Da waren versammelt: Doktor Hesky an der Spitze der Tafel als Gastherr, ihm zur Rechten Rosa Silberstern, die heiratsfähige, zur Linken ihre Mutter, die hochwogende Prachtgallion, weiter dann Tesař, der Zimmermann, Dieter, der Vater und seine hustende, müde, verlegene und stille Frau, am unteren Ende der kleine Josef Dieter und Bella, die bald Spielkameraden geworden waren und sich recht gut miteinander vertrugen. In dem hohen weiten Raume war die Dämmerung angebrochen, die rauschenden Bäume standen draußen mit ihren starken Schatten und verdunkelten den Saal. Da das Gebäude für eine Wohnung nicht eben eingerichtet, keine Lampen hatte, behalf man sich und stellte zwei Windlichter auf den Tisch, die zwar die Tafel selbst ziemlich hell beleuchteten, aber den übrigen Raum nur um so finsterer und größer erscheinen ließen, so daß die unruhigen kleinen Flämmchen die hängenden Gehörne, ragenden Tiergestalten, den runden Hügel des Negerhüttleins ängstlich umfingen und drohende Schatten von allen Wänden her über die Dielen zittern ließen, was dem kleinen Josef Dieter einen wunderbaren Schrecken durch die Glieder jagte, so oft bei der lustigen Bewegung der Tafelnden der wackelige Tisch auch die Windlichter ins Flackern brachte, und dies wieder die ungeheuerlichen dunkeln Umrisse in schwankende, gefährliche Bewegung versetzte. Dann dünkte es ihn, die Affen kämen ins Klettern, der Rachen des Krokodils klappe zu, die Schlange ringle sich empor, die Hörner stießen los, die Gläser mit den Lurchen klirrten und die ganze eingesperrte, ausgestopfte afrikanische Welt fange leise zu murren und zu drohen an.

Indessen bediente man sich fleißig und verspeiste das Eßbare, trank das gute Bier und sprach. Jeder redete auf seine Weise und was ihn anging, und indem einer dem anderen antwortete, gab es das merkwürdige Durcheinander, als welches zumeist das Gespräch von verschiedenartigen, einander innerlich fremden Leuten sich verrät. Hesky war ziemlich verschlossen und wortkarg, mußte aber als Wirt immerhin eine gewisse Liebenswürdigkeit entwickeln und den freundlichen, zuvorkommenden Gastgeber spielen. In der weltmännischen Konversation nicht erfahren, beschränkte er sich darauf, nach rechts und links die Schüssel anzubieten und zum reichlicheren Genuß aufzufordern. Herr Silberstern brachte das Gespräch am liebsten auf die geschäftliche Bedeutung von Südafrika, erkundigte sich um dessen Ein- und Ausfuhrwaren, um die Möglichkeiten, dort das Geld aufzuklauben, während seine Frau sich für die Diamantengruben interessierte in der leisen Erwartung, von dem zurückhaltenden Reisenden endlich zu erfahren, daß er eine Anzahl beträchtlicher Brillanten irgendwo verwahrt habe, mit denen doch von Rechts wegen eine begeisterte Schätzerin der Erdkunde zu belohnen sei. Rosa, die schöne Heiratsfähige, fragte wieder nach der afrikanischen Weiblichkeit und konnte nicht genug zu hören bekommen von den aufregenden Tänzen und sonstigen Sitten der Vermählung und Liebe in dem heißen Lande, von dem Tausch der Gattinnen zwischen Mulekau-Freunden, von der eigentümlichen Vorbereitung zur Ehe, welche die mannbaren Afrikanerinnen über sich ergehen lassen müßten. Dabei lächelte sie mit ihren blanken Zähnen zugleich neugierig und verschämt, wandte sich bei Heskys allzu deutlichen Aufklärungen errötend ab, nicht ohne zugleich einen feuchten Blick aus ihren mandelförmigen Augen nach ihm zurückzusenden, um das Weitere doch noch wie mit einer Angelrute einzuholen.

Dieter redete von der Ausstellung und rechnete ihre Besucher zusammen, Tesař warf zuweilen ein paar Worte in seiner Muttersprache ein, die Frau Dieter hustete und schaute ängstlich um sich, der kleine Bub und Bella aber verhandelten über ihren besonderen Gewinn. Sie hatten nämlich eine Art Vermögens- und Geschäftsgemeinschaft begründet. Bella bekam von den Besuchern allerhand Geschenke, mit denen sie oft nichts anzufangen wußte. Diese gab sie an den kleinen Josef ab. Dafür verwahrte sie in einem Schnupf-

tuch sorgfältig das Bargeld, konnte es aber nicht zählen und trachtete doch nach einem gewissen Überblick über den Stand ihres Vermögens, wobei sie den Knaben zu Hilfe nahm, der ihr mit seinen
und ihren zehn Fingern ihren Besitz vorrechnete, während sie die
kleinen Silberzwanziger von den Kupferkreuzern sonderte und
gleich zu raufen, Zähne zu fletschen und auszuschlagen begann,
wenn er ihr eine höhere Münze herauszuschwindeln oder gegen
eine geringere auszutauschen versuchte.

Hatte man gespeist und getrunken, so lehnte man sich, wie es
eben gehen mochte, zurück und widmete sich ganz der Unterhaltung.

Die Frau Dieter begab sich dann in die Ecke, wo die Lager der
drei Bewohner des Pavillons standen. Dort setzte sie sich nieder,
von den bösen Anfällen ihres Hustens geschüttelt Der Doktor
Hesky hüllte sie sogleich in seine Wolldecken und gab ihr Medizin,
da er ihre Behandlung übernommen hatte. Sie blieb in sich gekehrt
und gebückt und still und schlummerte leicht ein, nicht ohne jedes
lautere Wort im bangen Halbschlafe zu vernehmen.

Frau Silberstern und Tochter überließen sich ihren hochfliegen-
den Versorgungs- und Ehestandsträumen, die Wechselrede wurde
einsilbiger und zu guter Letzt war der Vorschlag des Doktors recht
willkommen, ein Spielchen zu machen.

Tesař zog die bereitgehaltenen Karten hervor, und Herr Silberstern, Dieter, der Zimmermann und Hesky vereinigten sich zu
einer Partie »Zwicken«, einem mäßigen Glücksspiel, dessen Zufäl-
len der kleine Josef und Bella mit Teilnahme zuschauten. Herr Silberstern war zumeist im Glücke und nahm seinen Partnern die
kleine Münze mit lauter, fröhlicher Biederkeit ab, wobei Dieter
ziemlich gleichgültig, Tesař ingrimmig, der Doktor mit wissen-
schaftlichem Ernste beteiligt waren. Jeden Schaden, den Tesař der
Ungeschicklichkeit Heskys zu verdanken hatte, wenn dieser als sein
Partner einen Spielfehler beging, rügte der Zimmermann, indem er
seinen Doktor, Brotherrn und Vetter weidlich ausschalt und jede
Rücksicht auf die höhere Stellung, Gönnerschaft und Würde außer
acht ließ. Die Tschechen unterscheiden sich von den Polen, die mit
größter Demut und Unterwürfigkeit die Unterschiede des Standes
wahren und betonen, durch eine natürliche bürgerliche Freiheit und

ungezwungene Gleichstellung aller. Der eine ist zwar der Pane Doktor und gilt so viel, als er wert ist, aber der andere bleibt, wenn er nicht augenblicklich im Dienste zu gehorchen hat, auch immer der Pane Tesař und braucht es sich nicht gefallen zu lassen, daß der gelehrte Mann ihn in Geldverlust bringt.

Der Eifer des Spieles hinderte aber den Gastgeber nicht, sich zuweilen mit ungeschickter Galanterie der Damen anzunehmen. In dem hohen Raume herrschte eine dumpfe Kühle, und Frau Silberstern schauerte zusammen. Sofort sprang Hesky auf, holte zwei Leopardenfelle von der Wand und breitete sie den Frauen sorglich um die Schultern. Die zierten sich zuerst und weigerten sich, dann aber taten sie die wunderliche Hülle willig um und trugen nicht ohne heimliches Gruseln die gescheckten, haarigen, eigentümlich riechenden und knisternden Felle, von denen die Köpfe mit den blinkenden Zähnen über ihre Schultern herabhingen. Die beiden also Geschmückten und Geschützten sahen mit lüsternem Grauen auf die toten Leopardenschädel hinab, die auf ihren Busen baumelten und einst wahrlich solche Gelegenheit, in volles weiches, weißes Weiberfleisch und Fett zu beißen, besser auszunützen verstanden hätten.

So wurde es Mitternacht, bis sich die Gäste endlich erhoben, aufbrachen und als einträchtige kleine Karawane durch den stillen Prater heimzogen, die Familie Silberstern in die Zirkusgasse, Dieter mit der kranken Frau und dem müden Knaben bis in die innere Stadt.

Dieser lange Weg – die abendlichen Gelage beim Doktor Hesky waren eine vertraute Gewohnheit geworden und durften schon wegen ihres tieferen Zweckes nicht vernachlässigt werden – brachte Herrn Silberstern auf den Gedanken, die tägliche Rückkehr dadurch zu verkürzen, daß man sich eines seiner Fahrzeuge bediente. Nun wäre es freilich die einfachste Sache von der Welt gewesen, wenn er ein Wägelchen und Pferd beigestellt, die kleine Gesellschaft all-abendlich aufgeladen und heimgeführt hätte. Aber als besonnener und erfindungsreicher Geschäftsmann dachte er daran, das Angenehme mit dem Nützlichen zu verbinden. Ein angesehener Herr wie Hesky, hatte doch tagüber mancherlei Wege zu machen, Besuche abzustatten, Gönner zu beehren, Einkäufe zu besorgen. Da schickte es sich doch wahrlich nicht, daß er zu Fuß gehe, bestaubt, beschmutzt in fremde Wohnungen trete und seinem Rufe durch so dürftige Haltung schade, war es doch nicht nur standesgemäß, sondern auch ganz zweckentsprechend, ja geradezu höchst vorteilhaft, wenn er sich ein solches Zeugelchen zulegte, zumal er es auf billige Art erwerben könnte, denn es hätte unter Brüdern sonst mehr gekostet, als unter zukünftigen Verschwägerten, so daß er, genau genommen, eigentlich – die Notwendigkeit der Wagenbenutzung vorausgesetzt – mit diesem Kaufe sogar wahrhaftige Ersparnisse erzielte.

Diese Erwägungen trug Herr Silberstern eines Abends dem Doktor vor, stellte ihm die Aussicht auf ein schönes Fuhrwerk als die angenehmste Verheißung weltmännischer Würde und Bedeutung, von ökonomischem Nutzen, Zeit- und Geldersparnis dar und führte die ganze Schar vor das Gebäude, um sie das zierliche Kabriolett nach Gebühr bewundern zu lassen. Dieses stand nun freilich wohlgeraten, wenn auch mit deutlichen Spuren langen Gebrauches auf hohen Rädern mit zwei Vorderplätzen da, während ein erhöhter gepolsterter Hintersitz zur Aufnahme eines Dieners bestimmt war, der entweder mit gekreuzten Armen aufrecht das Gleichgewicht halten oder, wenn ihm der Herr das Kutschieren überließ, über dessen Kopf hinweg die Zügel regieren sollte.

Vor das Wägelchen war ein ausgefahrenes, bejahrtes Pferd geschirrt, das recht gottergeben den Kopf hängen ließ, aber eine prächtige Mähne und einen wallenden Schweif besaß.

Hesky betrachtete das Dargebotene von allen Seiten, und da ihm den ganzen Abend eine inständige Neigung für diese Fahrgelegenheit eingeredet worden, schwankte er, wie er sich zu äußern habe, weil er zwar weder im allgemeinen, noch im besonderen vom Fuhrwesen etwas verstand, es sei denn von den afrikanischen ochsenbespannten Farmerwagen mit Plachen, aber sich doch ein vornehmes Zeug immerhin anders vorstellte. Er schüttelte daher nur höflich anerkennend mit kühlem Entzücken den Kopf und sagte, vorsichtig und bedächtig nicht ja, noch nein, sondern blickte bald auf die Familie Silberstern, die in einmütiger bewundernder Fassungslosigkeit dastand, bald auf seinen Berater und Freund Dieter, welcher ziemlich ungerührt schien, bald auf Tesař, den Zimmermann, der eine grimmige Miene hatte. Diese war aber nicht etwa auf besondere Mißstimmung zurückzuführen, sondern auf seine eigentümliche Gesichtsbildung, deren breite vorstehende Backenknochen und tiefliegende Augen, deren herabgezogener, schmaler, zusammengekniffener Mund im Verein mit einem allgemeinen Gefühl unabwendbarer Weltverachtung und Geringschätzung sein Schweigen immer als bösartige Verstocktheit erscheinen ließen. Wenn es nun einem derart verzückten Anpreisen, das sich selbst auf den höchsten Grad der Bewunderung hinaufgehitzt hat, nicht gelingt, die übrigen mitzureißen, wird deren einsilbiges und abwehrendes Verhalten beim fortdauernden müßigen Beisammenstehen leicht peinlich, ja feindselig. Darum schwang sich Herr Silberstern endlich elegant auf den Vordersitz, lud Gattin und Tochter ein, nachzufolgen, bat die kranke Frau Dieter herablassend, auf dem Hintersitze Platz zu nehmen, da er sie nach Hause bringen wollte, schnalzte verlockend mit der Peitsche und trieb den braunen Gaul an, so daß das stark beladene Kabriolett in Bewegung kam. Unbemerkt hatten sich Josef und Bella auf die Hinterachse gesetzt und beschwerten den Gang des Fahrzeuges, welches knirschend und unwillig durch die Allee rollte, während der Doktor Hesky, Dieter und Tesař ihm gedankenvoll nachsahen, dann schweigsam in den verlassenen Ausstellungssaal zurückkehrten und schließlich ihre Eindrücke auszutauschen begannen.

Hesky fragte den Diener, wie er über das angebotene Geschäft denke. Der schüttelte den Kopf und nickte ja, ja und nein, nein und äußerte sich nicht allzu deutlich über die Angelegenheit, um den

Entschlüssen des Doktors nicht vorzugreifen. Unvermerkt geriet dieser auf die zweite, größere, im Hintergrunde emporragende Angelegenheit der möglichen Heirat, die ihm von den Eltern Silberstern mit zarter Bestimmtheit angedeutet und ähnlich verlockend nahegelegt zu werden pflegte, wie der Ankauf des Wagens. Wunderlich verschmolzen bei dieser Beratung beide Geschäfte in eins, so daß man nicht immer wußte, welches gerade gemeint war, wenn der eine die Elastizität und Wohlerhaltenheit, das vornehme Aussehen pries und an das Kabriolett dachte, während der andere Rosa, die Heiratsfähige, vor Augen hatte, oder wenn Tesař wieder versicherte, die Stute habe recht breite Hüften und eine solide Kruppe, während Hesky von seiner in Aussicht stehenden Gemahlin sprach, oder wenn Dieter berechnete, daß solche Passionen ein hübsches Geld kosteten, um alles instandzuhalten und zu befriedigen, indessen der Doktor die Möglichkeiten einer Lebensgemeinschaft erwog.

Schließlich fragte Hesky geradeaus: »Was halten Sie von der Familie?«

Dieter schüttelte den Kopf und sagte nur: »Ja, ja und nein, nein und hm, hm,« dann brummte er: »Na, es werden ja ganz anständige Leute sein.«

»Und solid?« fragte Hesky in unbestimmtem Tone.

»Weiß man's?« antwortete Dieter.

»Penise!« bedeutete Tesař und machte die Gebärde des Geldzählens. Das war ein wichtiger Punkt, und Männer durften sich schon aufrichtig auseinandersetzen, ohne sentimentale Bedenken. Dieter meinte: »Das erfährt man leider meist nachher, und da ist's erst noch nicht immer bestimmt.« Wenn Rosa tatsächlich eine anständige, bare Mitgift hatte, konnte der Doktor Hesky seine gewesene Braut abschütteln und erleichtert in den Ehestand treten, ja vielleicht eine künftige Exkursion ins Werk setzen, ohne die Mittel hiezu erst mühselig zusammenscharren zu müssen. Natürlich kam die Rede auch auf die körperlichen Eigenschaften der anziehenden jungen Dame.

Tesař war von ihren Reizen recht befriedigt. Sie hatte eine stattliche Figur, üppiges Aussehen, begehrliche Augen und verstand sich wohl auf ihre Sachen. Das mußte ihr der Neid lassen.

Dieter war nicht neidisch und gab alles zu.

Hesky schwieg und sann. Dann sagte er mit einem Male recht unvermittelt: »Das wäre alles recht schön und gut, aber . . .« und verstummte wieder.

Dieter fragte: »Was aber?«

»Sie ist doch eine Jüdin!«

Dieter schüttelte bedächtig den Kopf: »Freilich, freilich! Aber das ist ja noch nicht das Ärgste. Haben Sie sich mit den Weibern genug herumgeschlagen und sogar mit wilden Negerinnen zusammengetan, so wird das auch nicht so schwer halten. Wenn nur sonst alles stimmt. Aber das weiß man, wie gesagt, immer erst nachher, wenn es zu spät ist.«

Im stillen schwur sich Dieter zu, genaue Erkundigungen über Familie, Geschäft, Kapitalien und Glaubwürdigkeit der Silbersterne einzuziehen und den Doktor vor nachträglichen Enttäuschungen, wenn's irgend anging, zu schützen. Nur durfte dieser nicht von der begeisterten Sippe in den Verlobungs- und Liebschaftstaumel hineingerissen werden, der einen unerfahrenen Mann blind und sinnlos in den verzweifelten Entschluß treibt, ehe die Überlegung auch nur ein Wörtlein dreingeredet.

Seine Nachforschungen lieferten leider kein deutliches Ergebnis, man sprach dies und das, der Vater Silberstern galt als geriebener Handelsmann, das wurde allgemein unter augenzwinkernden Berichten von ganz auserlesenen Roßtäuscherheldentaten zugegeben, stand aber nicht in Frage, denn für einen geschickten Kunden hielten ihn unsere Herrschaften ohnedies. Was jedoch die verfügbaren Mittel anlangt, so müßte er eben ein rechter Pfuscher gewesen sein, wenn er gerade darüber nicht das dichteste Dunkel zu verbreiten gewußt hätte. So gab es nur zweierlei: Vertrauen und dann die Möglichkeit, gründlich hineingelegt zu werden, oder Vorsicht und geschickten Rückzug, falls Herr Silberstern nicht zu ganz bestimmten Zusagen und beruhigenden Nachweisen sich vermögen ließ.

Glücklicherweise entschloß sich Hesky nicht zur liebenden Arglosigkeit, sondern zur Vorsicht, und Dieter konnte ihn daher vorläufig für geschützt halten.

Weil aber das vorgeschlagene Geschäft mit dem Kabriolett von dem absichtsreichen Silberstern keineswegs aufgegeben, sondern täglich mit neuen Gründen angeboten und um- und umgewendet wurde, wobei es für ihn immer prachtvoller, für Dieter und Hesky allerdings immer fragwürdiger und wie eine dringlich symbolische Vorfrage für das zweite, größere Unternehmen der Heirat auftrat, so daß eine Vertrauenssache die zweite nur vorbereitete und als Bedingung gedeihlichen weiteren Übereinkommens dastand, mußte man sich gerade hier schlau davor hüten, ihm auf den Leim zu gehen. Daher zögerte Dieter nicht, dem Doktor einen Gegenvorschlag zu unterbreiten.

Allerdings war es notwendig und begreiflich, daß Hesky als Afrikareisender nicht wie alle gewöhnlichen Leute stand und ging, doch mußte nicht gerade ein Kabriolett diese besondere Haltung bezeugen, vielmehr schien es weit angemessener, wenn er seine afrikanischen Reiterkünste übte und pflegte, um sich nicht hier im Lande zu verliegen und Fett anzusetzen, wozu er leider Neigung zeigte. Ein Pferd anzuschaffen und zu reiten, entsprach seinem Stande und seinen Lebensgewohnheiten weit besser, als ein Fahrzeug zu kutschieren. Der weite Prater mit seinen Auen, den Hesky sehr liebte, war für solche einsame Spazierritte und Übungen wie geschaffen, hier konnte er gesunde Bewegung machen, und was die Kosten betraf, das wäre schlimm, wenn er einem Roßhändler sich ausliefern und sein schwer erworbenes Geld in den Rachen schmeißen würde! Er mußte dank seinem Stande umsonst ein Pferd bekommen, ohne das Königreich seiner Freiheit dranzugehen. Weshalb war er denn der Schützling des Monarchen? In den kaiserlichen Stallungen gab es mehr als einen ausrangierten Hengst oder eine ältere Stute, die sonst von Hofbediensteten zugeritten, ihr Futter verzehrten, ohne irgendwem sonderlich zu nützen und zu dienen. Von dort mußte er beziehen, was er brauchte, und was seine Würde als österreichische Berühmtheit gebieterisch verlangte. Er sollte nur wieder einmal Audienz nehmen, schuldete er doch noch den Bericht über die huldreich unterstützte Ausstellung, da ergab sich gewiß Gelegenheit, einen solchen Wunsch geziemend vorzubringen, denn der wohlgeneigte Monarch unterließ bei solchen Unterredungen niemals die gütige Frage, ob der Besucher nicht sonst irgendein Begehren habe.

Hesky schüttelte zwar über dieses Ansinnen bedenklich das Haupt und zweifelte, eine so unbescheidene Bitte wagen zu dürfen, aber da Dieter seine Angst durchaus grundlos, seine Bescheidenheit sehr übel angebracht nannte und geradezu empört tat, daß ein großer Mann nicht einmal einen ausrangierten Hengst sollte ansprechen können, verhieß er kleinlaut, die Sache zu erwägen. Bei der Pflege, Fütterung und Unterbringung des erwarteten Pferdes gab es schon gar keine Hindernisse, lag doch ganz nahe dem Amateurpavillon der Rennplatz mit den schönsten Stallungen, wo magere Jockeis und Pferdeknechte zu Dutzenden hausten, die sich bereits alle mit dem Doktor Hesky als mit einem Nachbarn angefreundet hatten. Die Engländer führten mit ihm englische Konversation und freuten sich an seinen englischen, die Deutschen an seinen deutschen Sprachfehlern und betrachteten ihn als ihren komischen Schützling, denn er war zwar berühmt, aber eben deshalb für sie ein wenig lächerlich mit seinem ganzen Gelehrtenwesen und weltunkundig zaghaften Benehmen.

Das scheinbar dreiste Unterfangen glückte vollkommen. In der Audienz nahm der Monarch den Bericht des größten tschechischen Mannes über das außerordentliche Gelingen der Ausstellung sehr huldvoll entgegen, begrüßte das allgemeine Interesse der Wiener mit Genugtuung und erkundigte sich sowohl um die Aussichten des geplanten Reisewerkes, als auch um Heskys sonstiges Befinden. Dieser ergriff die Gelegenheit, zu klagen, daß ihm die ruhige abenteuerlose Lebensweise hier im Lande nicht recht behage, da er Anstrengung und Bewegung gewohnt und sieben Jahre lang beinahe nicht aus dem Sattel gekommen sei. Der Kaiser, selbst ein leidenschaftlicher Reiter und wahrlich lieber zu Pferd bei Manövern und Jagden, als im Zimmer bei Akten und papierenen Geschäften, vernahm teilnehmend diese Not, und es ergab sich fast von selbst die Bitte, und das einfachste Mittel, ihr abzuhelfen, indem man dem reisigen Manne einen ausrangierten Hengst aus dem Marstalle zuwies. So verließ Hesky den Saal um ein Pferd reicher, das schon am nächsten Morgen von einem feierlichen Bereiter vor den Pavillon gebracht, ihn nach dem Frühstück mit hellem Wiehern begrüßte.

Welch ein Prachttier, braun, mit zierlichen Fesseln, federndem Gange, freundlichen Augen! Hesky bestieg es auf der Stelle, saß sogleich fest im Sattel und brauchte nur den leichtesten Schenkeldruck, da flog das gehorsame Tier schon gestreckten Laufes durch den weichen Sand. Nach ein paar Stunden kam der Doktor munter, wie neubelebt, schweißbedeckt zurück, das Roß dampfte, die Flocken stoben ihm von den bebenden Nüstern und die Jockeis, denen es der Reiter zur sorglichen Wartung übergab, bedeckten es achtsam mit den warmen Tüchern und sagten bewundernd, mit einem solchen Tiere müßte man ohneweiters ein Wettrennen gewinnen, wenn es darauf ankäme. Hesky schüttelte stolz und befriedigt den Kopf und ritt fortan täglich stundenweit aus, seinen gelben Tropenhelm kühn auf dem Haupte, in seiner afrikanischen Khakitracht. Der kleine, untersetzte Mann mit dem schwarzen Spitzbart und der absonderlichen Kleidung wurde dadurch noch mehr, als durch seine vergangenen Taten in der Stadt bekannt und eine der vertrauten Figuren, die jeder zu nennen wußte.

Herr Silberstern empfand freilich diesen Triumph als eine Niederlage, doch durfte er sich davon nichts merken lassen, denn die hohe Gnade eines solchen Geschenkes hatte den Marktwert des erwünschten Schwiegersohnes bedeutend gesteigert, und es war nun doppelt wichtig, ihn doch zu gewinnen. Ein scheinbarer Unfall verhalf schließlich dem Doktor Hesky zu seiner Rettung aus der Gefahr der Verlobung, von derer sich halb willig, halb unwillig bald hätte umgarnen lassen. Das kam so.

Es war Spätfrühling geworden und die Zeit der vielen Rennen. Hesky, der seine Reiterkünste täglich erprobt und gesteigert hatte, sah sich zu den kühnsten Stücklein berechtigt und befähigt. Nicht bloß das Gerede der sachverständigen Jockeis, das eigene Selbstgefühl sagte ihm, mit diesem Pferde könne er jedes Rennen ehrenvoll bestehen. Da befiel ihn plötzlich der Ehrgeiz, derlei auch tatsächlich zu versuchen. Seinem vertrauten Dieter enthüllte er diesen Plan. Der schüttelte wie immer bedenklich den Kopf, sagte ja, ja und nein, nein und gab seinem Schützling zu verstehen, daß er doch eigentlich mehr sei, als ein Jockei, und wenn er Afrika entdeckt, brauche er eigentlich keine Steeplechase mitzumachen und zu gewinnen. Aber halte einer das Kind zurück, das sich in einem Manne regt! Ist doch gerade der Ernsthafteste den Anfällen kindischer Wünsche und Träume am gefährlichsten unterworfen. So erklärte Hesky eines Tages den Reitknechten, er werde an einem Rennen mit seinem Hengste teilnehmen. Auf die Frage, wen er damit betrauen wolle, das Pferd zu reiten, antwortete er, das werde er selbst tun. Die Burschen sahen einander verständnisinnig an und grinsten.

Dank seinen guten Beziehungen zu den Turfleuten im Prater und dank dem neuartigen Spaß, den man sich von der Teilnahme des berühmten tschechischen Mannes am Wettrennen billig versprechen zu dürfen glaubte, begegnete seine Nennung keinen Schwierigkeiten. Zwar redete man ihm freundlich zu, sich ordnungsgemäß zu trainieren, die erforderliche Abmagerung zu erzielen und dergleichen sportgerechte Vorfragen geziemend zu erledigen, bestand aber keineswegs darauf und freute sich eigentlich, daß der halsstarrige Böhm', alle Mahnungen mit hocherhobenem Haupte in den Wind schlug.

Dieter schüttelte bedenklich den Kopf und hatte einige Angst vor dem Ausgang der Sache, hielt jedoch die Absicht des Doktors geheim, denn die Leute würden ohnedies früh genug davon erfahren.

So kam der große Tag. Der Rennplatz, von den grünen, belaubten Bäumen eingesäumt, war von neugierigen Menschen aller Stände erfüllt, deren heiserer, aufgeregter Lärm sich in die blaue Juniluft erhob. Alle Tribünen waren von den schönsten geputzten Damen, von den modischesten Herren besetzt, tausend Wetten schwirrten auf, und nicht die geringsten galten dem Doktor Hesky. Gab doch diese Nennung das herzlichste Vergnügen des Tages.

Und als die Fahne aufgezogen wurde, die Teilnehmer alle mit ihren Farben erschienen, weckte der kühne Reitersmann kein übles Lächeln auf allen Gesichtern, denn er allein zeigte sich in seiner gewöhnlichen und wieder hier doppelt seltsamen Khakitracht, den Tropenhelm ein wenig schief im Nacken sitzend und auf seinem Hengst recht herausfordernd, während alle anderen mit ihren üblichen Seidenwesten in den Farben ihres Stalles sich als die gewöhnlichen gewerbsmäßigen, über den Hals des Tieres gebeugten Wettreiter darstellten. Als Hesky den Start beschritt, wurde er von lachenden Beifallsrufen begrüßt, die er nicht einmal zu bemerken schien. Auch sein Pferd stach hier im Grunde von den schmächtigen, zierlich gebauten und sorgsam aufgezogenen übrigen Rennern ab, denn als ausrangierter Hengst erfreute es sich bei aller Schönheit der Gestalt doch einer gewissen auffallenden Üppigkeit.

Nachdem das Zeichen zum Beginn gegeben worden, flogen die übrigen wie die Pfeile dahin, während Heskys Roß zwar tüchtig ausgriff, aber solcher aufregenden Kämpfe ungewohnt, in schönem Trab verhältnismäßig gemächlich weit hinter den ehrgeizigen übrigen zurückblieb, und sein Reiter schließlich allein daherjagte, indessen vor ihm eine Staubwolke die Mitbewerber, das Ziel und das ganze Rennen neidisch verhüllte. Hesky schaute sich verdutzt um und war gescheit genug, sofort einzusehen, daß er nun wohl oder übel sich bescheiden mußte und nicht auf einem aussichtslosen Kampf bestehen durfte, daher gab er, die Lippen zusammenbeißend und zwischen den Zähnen ein »Satrazeni! Hol' euch der Teufel!« murmelnd, seinem Hengst die Sporen und setzte ohneweiters über die Barrieren, welche den Rennplatz von dem übrigen Gelände abgrenzten, mit einem wohlgelungenen Sprunge heil hinweg und ritt von dannen.

Darüber erhob sich ein unendlicher Lärm der ganzen unermeßlichen Menge und scholl als ein wahrer Jubelruf und Beifallssturm dem unerschrocken sich Zurückziehenden nach, so daß alle der sonst so aufgeregten Teilnahme an den mutmaßlichen Siegern vergaßen und sich die Hälse nach dem sicheren Besiegten ausreckten, der gelassen und mit einem höhnischen Lächeln als kleiner gelber Reitersmann auf seinem behaglichen Gaule sich den Blicken der gemeinen Menge entzog. Noch lange nachdem der stolze Tropenhelm hinter den Bäumen verschwunden war, folgte ihm das halb gutmütige, halb schadenfrohe Gelächter, das sich einem ungewöhnlichen Beginnen so gern an die Fersen heftet.

Hesky zögerte unterwegs, sofort nach dem Pavillon zurückzukehren, da er unliebsame Ovationen Neugieriger befürchtete, ritt daher noch eine kurze Weile in die Kreuz und Quer spazieren und wandte das Pferd erst dann seinem Hause zu, als er das Rennen längst beendet und den Schwarm verzogen wußte.

Vor dem Gebäude angelangt, begegnete er eben der Familie Silberstern, die höchst aufgeregt dastand, während Dieter sich bemühte, sie zurückzuhalten und zu beschwichtigen.

Hesky schwang sich herab, band eilends den Zügel an einen Baum und trat auf seine Bekannten mit einem verlegenen Lächeln zu. Er legte salutierend die Hand an seinen Helm und gewahrte staunend, daß die stattliche junge Dame, über und über rot im Gesichte, sich zornig von ihm abwandte und ihr Haupt an dem Busen der Mutter verbarg.

Sie schluchzte auf und sagte ein über das andere Mal: »Das ist zu viel! Das ertrage ich nicht!«

»Ja, was ist denn geschehen, meine Lieben?« fragte Hesky ganz unschuldig.

»Sie fragen noch?« sprach die Mutter voll Würde und in gerechtem Zorn. Herr Silberstern konnte sich nicht enthalten, einen halb ungewissen, halb strafenden Blick auf den verlorenen Schwiegersohn zu werfen und sagte: »Das war ein arges Hirschhauerstücklein, mein Lieber! Sie haben viel Kredit, aber das übersteigt die Grenzen!«

»Er hat mich lächerlich gemacht vor der ganzen Welt. Man wird mit Fingern auf mich zeigen,« stöhnte Rosa.

Dieter beruhigte: »Lassen Sie die Leute, Sie haben ja nichts angestellt, Fräulein!«

Aber Rosa schluchzte nur um so heftiger.

Hesky näherte sich ihr und streichelte ihr hilfeflehend ganz bescheiden das schwarze Haar und flüsterte leise: »Ich kann wirklich nichts dafür, liebes Fräulein!« Bei diesen Worten erhob die Trostlose trotzig den Kopf, schleuderte ihm einen vernichtenden Blick zu, richtete sich in ihrer ganzen Größe auf, sprach: »Komm Mama!« und wandte sich zum Gehen, auch Herr Silberstern folgte rastlos und kopfschüttelnd, während die Zurückbleibenden einander verlegen ansahen und den unaufhaltsamen Abzug der Gesellschaft geschehen ließen.

Als derart Heskys Hoffnung auf eine etwaige Mitgift sich langsam durch die menschenleere Allee fortbewegte, begann er zu verstehen, daß er sein Glück verscherzt hatte, seufzte halb bedrückt, halb erleichtert auf, machte seinen Gaul vom Baume los und führte ihn zu den Ställen. Verspürte er auch ein gewisses Gefühl der Befreiung, so war es doch merkwürdig mit dem des Unbehagens und der Enttäuschung vermischt, wie immer, wenn man der Umworbene gewesen ist und sich plötzlich verlassen und verachtet sieht. Aus den mit Bretterwänden eingehegten Boxes hörte er lauten Lärm und Streit zwischen einer weiblichen Stimme und mehreren männlichen, die den bekannten Jockeis, seinen Gönnern angehörten. Unwillkürlich blieb er stehen und lauschte.

»Du kannst sagen, was du willst, Anna, der Böhm' ist doch der verrückteste Narr von Wien. Setzt sich auf einen alten Krampen und will ein Wettrennen gewinnen. Wenn das nicht das kindischste Affenstück heißt, bin ich ein Afrikareisender!«

»Du bist ein dummer Dalk und glaubst nicht, daß einer tausendmal gescheiter sein kann, als du, wenn er euch aufgesessen ist. Geh du nur einmal zu den Wilden und fahr sieben Jahre in der wüsten Welt herum, wie der, und laß dich dann anschauen.«

»Wenn ich so einer wär', möcht' ich anders dastehen und nicht von unsereinem mich zum Narren halten lassen.«

»Ja, du! Ihr seid ein gemeines Gesindel, alle miteinander, ich will von euch nichts mehr wissen. Einen anständigen, freundlichen Menschen, der keinem was Böses getan hat, uzen und hineinlegen, das ist weiter ein Heldenstück! Von Rechts wegen sollt' er euch fünfundzwanzig aufmessen auf den Reiterhintern. Aber er ist viel zu gut und bedankt sich noch für die Blamage, die ihr ihm eingebrockt habt. Schämt euch über euren Stallwitz in die Erde hinein.«

Die anderen lachten, daß es völlig wie das vergnügteste Wiehern ihrer Gäule klang.

»Es war ein Hauptspaß. Soll uns einer den Witz nachtun! Das Wettrennen macht den böhmischen Wastl berühmter, als das ganze Afrika!«

»Euer Witz ist ein Roßmist, nichts weiter, der wird weggekehrt nur euer Stall stinkt davon.«

»Geh, Anna, gib mir ein Bussel und sei g'scheit, was hast du denn von dem böhmischen Afrikaner.«

Damit begann ein Handgemenge, man hörte eine kräftige Maulschelle, einen Wutausbruch des Beleidigten und die abwehrenden

Rufe des Frauenzimmers, dazwischen das vergnügte Gelächter der übrigen, die zu weiterem Streit aufhetzten.

Da öffnete Hesky die Tür und führte das Pferd hinein. Bei seinem Eintritte wichen die Burschen zurück und einer, der mit dem Mädchen rang, ließ sofort ab von ihr, die hochatmend und über und über rot im Gesichte dastand, eine handfeste, schlanke, wohlgestellte Person mit einfacher, sauberer Arbeitskleidung, einer blauen Schürze und bloßen Armen. Hesky hatte das Mädchen bereits wiederholt gesehen, sie war die Tochter des Hausverwalters, die in den verschiedenen Gebäuden scheuerte und Ordnung hielt, zuweilen im Freien die Wäsche wusch und zwischen den Bäumen zum Trocknen aushing, ein munteres Geschöpf, das für jeden einen Scherz hatte und nicht maulfromm die derben Annäherungen der verschiedenen Leute, die in der verlassenen Gartenwelt umherstrichen, erwiderte. Freilich schien sie bei diesen Gefechten sich zu behagen und namentlich mit den jungen Stallburschen und Reitern nicht ungern anzubinden, aber sie war ihm eben deshalb recht vergnüglich erschienen, wenngleich er bisher mit ihr keine nähere Bekanntschaft angefangen hatte.

Nun grüßte er kurz und freundlich und ließ sich über die schmerzlichen Begebenheiten des Nachmittags kein Zeichen des Mißvergnügens anmerken. Die Stallburschen nahmen ihm daher schweigend das Pferd ab und führten es zur Krippe, während er mit höflichem Dank umkehrte. Als er wieder draußen war und langsam seinem Hause zuschritt, vernahm er hinter sich einen leichten Gang, wandte sich um, und da stand auch schon ganz erhitzt und verlegen das Mädchen und erwiderte seinen freundlichen: »Guten Abend!«

Dann sagte sie: »Herr Doktor, Sie müssen mir nicht böse sein, mich geht's ja nichts an, aber Sie sollten sich doch mit dem Gesindel da nicht einlassen,« dabei wies sie, die Schultern verächtlich zurückwerfend, nach den Ställen.

Hesky senkte beschämt seinen Kopf und ging weiter, indes sie neben ihm blieb.

»Die haben ein recht dummes Stück mit Ihnen aufgeführt! Sie sind doch zu gut für diese Leute und glauben, jeder ist so wie Sie. Dann passiert Ihnen ein Unsinn wie heute nachmittag.«

»Liebes Fräulein! Der Narr war ja ich, warum soll ich denn einem anderen die Schuld geben? Mich hat der Teufel, und ich habe das Wettrennen geritten. Wer im Leben noch keine Dummheit gemacht hat, ist besser daran als ich. Ich mache nichts als Dummheiten.«

»Reden Sie doch nicht so, Sie sind ja zehntausendmal gescheiter als das ganze Pack, das sich an Sie heranmacht und von Ihnen maust und Sie bei lebendigem Leib auffressen wird, wenn das so weitergeht. Sie merken nichts und denken, alles ist in der Ordnung. Wenn einer sich in der Welt nicht auskennt, führen ihn eben alle an der Nase herum.«

Damit waren sie vor dem Pavillon angelangt, und das Mädchen streckte ihm die Hand entgegen: »Nichts für ungut, ich hab's nicht bös gemeint, Sie werden es schon recht verstehen und sich daran halten.«

Hesky ließ sie aber nicht fort und lud sie dankbar zum Abendessen ein, sie müsse jetzt mit ihm kommen, denn gerade heute hätte ihn seine gewohnte Gesellschaft im Stiche gelassen, und er brauche nach den Abenteuern des Tages ein bißchen Aufheiterung und Gesellschaft und so guten Rat. Da lachte sie und folgte ihm ohne Ziererei in den Saal.

Jede Ausstellung findet ihr natürliches Ende, wenn das Publikum sich an ihr sattgesehen und -geschwatzt hat. Auch die unseres Afrikareisenden hatte ihre Tage hinter sich, ein nettes Sümmchen eingebracht, von welchem der Doktor Hesky recht angenehm ein Jahr hier leben, sein Werk schreiben und seine nächste Reise angemessen vorbereiten konnte. Jetzt war freilich die Niederschrift des Buches, welches er der Wissenschaft, dem Monarchen und der Öffentlichkeit sozusagen schuldete, das Allerwichtigste. Sollte es doch auch endlich das Honorar einbringen, um der ungeduldigen fernen gewesenen Braut ihre Unbill zu vergüten und ihren Verzicht zu bezahlen.

Dieter war nicht müßig geblieben. Er hatte einen wohlhabenden Buchhändler für das geplante Reisewerk zu interessieren gewußt, ja sogar einen ansehnlichen Vorschuß erwirkt, der als Zeichen von Heskys Vertragstreue und gutem Willen nach Prag geschickt wurde, damit sich die verlassene Jungfrau bis auf weiteres mit der Abschlagszahlung zufrieden gebe.

Nun wurde die Ausstellung geschlossen, die Tiere wieder verpackt, das Negerhüttlein auf den Mist geworfen, die Gerätschaften eingeräumt, die Sammlungen in Kisten getan und als große Haufen verstaut. Hesky blieb mit Tesař, seinem Zimmermann, in dem wüsten Raume weiterhin wohnen, während er Bella auf Dieters Zureden diesem in Kost und Quartier gab. Denn Dieter sagte: »Das Mädel wird groß und soll hier was lernen, damit sie auch was von Europa hat. Zu euch ledigen Männern paßt sie doch nicht recht. Das gibt nur dummes Gerede unter den Leuten. Bei mir zu Hause wird sie schon ordentlich gehalten werden.«

Dies sah der Doktor auch ein und gab Bella seinem Gönner mit, zumal er sich von ihrem Verhalten und Wohlergehen ohnehin jeden Tag überzeugen konnte, da er sein Werk mit Dieter recht eigentlich gemeinsam verfaßte. Der deutschen Sprache nicht eben sicher, hielt er sich gerne an Dieters Gefühl, Grammatik und Rechtschreibung. Nachdem er morgens eine Stunde spazieren geritten war, setzte er sich an seinen Tisch im verödeten Saal, nahm seine Tagebücher und Notizen vor, strengte sein Gedächtnis und all seine Kenntnis an und schrieb unter Angst, Schweiß und Mühsal ein Kapitel um das andere. Zuweilen geriet er in arge Nüchternheit und verwünschte den ruchlosen Plan, zuweilen erfaßte ihn wieder das hohe Gefühl des fernen, wunderbaren Landes, dessen Luft und Erde, Wuchs und Leben er im schönsten Bilde vor sich sah, ohne es doch mit Worten fassen und wiedergeben zu können. Jedes Tier, das er belauscht, schien darauf zu lauern, ob ihm sein Recht werde, und all die feierlichen, komischen, entsetzlichen Augenblicke, die er einst in Abenteuern mit den Eingeborenen durchgemacht, befielen ihn in der Erinnerung wie Mahnungen ernster Zeugen, die Wahrheit zu sagen und lasteten wie ein Alpdruck auf seinem bösen Gewissen, denn wie vieles mußte er bloß deshalb verschweigen, weil er es nicht auszudrücken vermochte. Kam er dann zu Dieter, so las er bänglich das Geschriebene vor, und sein Gönner als ein unverdrossener Kunstrichter schüttelte hier den Kopf, da lächelte er zufrieden, manches fand er überflüssig, woran der Schreiber mit ganzem Herzen hing, anderes wieder hielt er für wichtig, das Hesky unterdrücken wollte. Was aber die Sprache betraf, so war auch Dieter selbst gerade kein zuverlässiger Meister. Das Manuskript ging, wenn es nach solchem Zusammenarbeiten schlecht und recht zustande gebracht war, kapitelweise zum Buchhändler. Dieser hatte einen romantisch veranlagten Gehilfen, der den nötigen letzten Schliff besorgte, den ungefügen Satzbau nach dem Gefühle des kaufmännischen Stils einrenkte, über die nüchterne Darstellung einige sentimentale Seufzerchen und scherzhafte Einfälle nach Belieben wie eine rosenrote Erdbeersauce goß, damit der Reisebericht auch dem großen Publikum Rührung, Schauer und innige Empfindung entlocke. Freilich bekam das Ganze durch diese dreifache Mitarbeit ein wunderliches Ansehen. Statt fest und einfältig daherzugehen, wie sein Urheber, ungeschickt und nüchtern, aber aufrichtig, erhob es sich bald pathetisch auf den Stelzen einer halbgebildeten Beredsamkeit, bald senkte es sich in die Aufregungen einer niedrigen Kommisphantasie hinab, so daß es recht eigentlich hinkte und wieder nach der Mode abgeschmackter Romane eigentlich nicht die sonngebräunte Miene eines in wilder Luft und wüster Zeit umhergeschlagenen Wandersmannes, sondern das verzärtelte geschminkte Gesicht eines schwatzhaften, blassen, letzten Rousseaujüngers trug. Aber derlei Züge werden Gott sei Dank weder vom Publikum gemerkt, noch waren sie dem ehrlichen Doktor Hesky bewußt, der sich vielmehr auf die Kapitel, die aus der Hand des begabten Buchhandlungsgehilfen und letzten Redaktors mit einem findigen Schmiß herauskamen, allerhand zugute tat und auf das Ganze so stolz war, daß er sich für einen wohlberufenen Autor hielt, der es getrost mit den windigen Dichtern aufnehmen mochte. Gerade daß er sich aus seinem Werk gar nicht wiedererkannte, schien ihm der Hauptvorzug und die eigentliche Würde der Darstellung, denn wie alle Laien, die von sich erzählen sollen, bewahrte er immer eine Art demütiger Scham, sich vor den Leuten zu zeigen. Nicht sich selber wiederzufinden, sondern um Gotteswillen nur endlich von sich loszukommen und sich in einer erhöhten Figur und Stattlichkeit vorteilhaft darzustellen, schien ihm als einem einfältigen Erzähler das Um und Auf seiner Arbeit.

Hesky hatte aber noch einen dritten stillen Mitarbeiter, und das war der kleine Josef Dieter, der aufmerksam in der Wohnstube saß, wenn der Vater mit dem großen Manne an der Reisebeschreibung arbeitete.

Es kam nämlich oft vor, daß beide über ein Wort, über einen Sprachgebrauch oder über die Rechtschreibung uneins waren und eines Schiedsspruches bedurften, der die Sache ins reine brachte. In solchem Falle wandte sich der alte Dieter mit strenger Miene, wie um ihn zu prüfen, nach seinem Sohne.

»Josef, wie schreibt man Gebirge? Mit einfachem i oder mit einem ie«, und wieder, »wie schreibt man gibt, mit oder ohne e«. Josef entschied sich für Gebirge ohne, für gibt mit e und nun waren für ihn Gebirge und gibt zwei urweltliche Gegensätze für alle Zeit. Derlei Auskünfte erteilte er mit allem Anschein gehorsamer Bescheidenheit, nicht ohne im stillen die Wichtigkeit seiner Aussage nach Gebühr einzuschätzen und ihr einen wesentlichen Anteil an dem Zustandekommen des Werkes beizumessen.

Bella aber spielte in der kleinen Wirtschaft des Dieners eine große Rolle und brachte Bewegung, Lärm und Eifer in das ruhige Hauswesen. Es war nur gerecht, daß sie tüchtig bei der Arbeit helfen und ihren Anteil am gemeinsamen Essen, Trinken, an Kleidung und Wohnung getreulich mitverdienen mußte, denn in einem solchen bescheidenen, reinlichen, aber engsten Stande gibt es keinen müßigen Zuschauer und Kostgänger, und das afrikanische Königskind gilt auch nicht mehr, als der kleine Bub, der in diesen vier Wänden aufgewachsen. Da sie in recht schwere Zeiten gekommen war, wo Dieters Frau sich nur mühselig auf den Beinen halten konnte und unter der gewohnten Tageslast schier zusammenbrach, mußte sie mit ihrer wilden Kraft gründlich zufassen und angreifen, wo es etwas zu tun gab. Dabei verhielt sie sich aber durchaus willig, freundlich und vergnügt, und weil man sie mit Wohlwollen behandelte, zeigte sie jedem grinsend ihre weißen Zähne, so daß sie wirklich als ein zweites Kind im Hause gelten konnte, das nur zufällig schwarz geraten war. Besonders das Scheuern und Waschen schien ihr zu gefallen, und sie hantierte überaus eifrig mit der groben Seife und dem Reibsand, wobei sie wie ein bewegliches, schwarzes Tier singend, brüllend, lachend, zischend auf dem Bretterboden mit Eimer und Fetzen hin und herfuhr und fegte, daß es eine Art hatte. War die Arbeit getan, so sprang sie mit einem wahren Triumphgesang auf Frau Dieter los, daß diese immer wieder erschrak, trotzdem sie daran schon hätte gewöhnt sein sollen und wies ihre Hände vor, die an den Innenflächen zusehends blasser und zugleich röter geworden waren. Bella hielt nämlich gerade das Reiben und Scheuern für die große versprochene Kur ihrer Umwandlung in eine

Weiße. Und allmählich lernte sie auch in der deutschen Sprache diesen ihren einzigen Wunsch ständig zu wiederholen. Da pflegte Frau Dieter freundlich zu lächeln, besah die dargebotenen Handflächen, nickte freundlich und sagte: »Ja, ja, sie sind schon beinahe ganz weiß.«

Wenn der Abend gekommen war, stellte Frau Dieter ein Wasserschaff in die Küche, um ihren Buben von Grund aus zu waschen. Jetzt hatte auch Bella an dieser Sorgfalt ihr Teil. Und da war es recht wunderlich anzusehen, wie sie diesen guten Brauch über sich ergehen ließ. Das Waschen und insbesondere mit kaltem Wasser war nämlich in der afrikanischen Heimat nicht Sitte gewesen, wo die heiße Sonne und der Sand, den man über den ganzen Körper reibt, allein Schmutz und Schweiß und Ungeziefer wegzubringen bestimmt sind. Aber jetzt wußte sie: die Sonne macht schwarz und das Wasser macht weiß. Die Menschen hierzulande hatten vom Wasser ihre schöne bleiche Farbe. Darum stieg sie jedesmal zitternd, bebend, angstvoll und zähneklappernd in den Bottich und lachte heulend, wenn sie mit dem kalten Guß überschüttet wurde und konnte nicht genug davon bekommen, obgleich es ihrer armen heißen Haut recht sauer wurde. Und welche Freude hatte sie gar, wenn sie über und über eingeseift, leider nur kurze Zeit weiß wie ein Schneekind dastand. Wie schade, daß diese Herrlichkeit mit dem Schwamm weggewischt wurde und immer wieder ihre verfluchte Schwärze herauskam! Sie bestand aber wie auf ihrem höchsten Recht darauf, daß Frau Dieter bei der Kur den erprobten Reibsand reichlich anwendete, obgleich er recht schmerzhaft über alle Glieder fuhr. Der übrige Körper mochte weniger wichtig sein und dunkel bleiben, aber das Gesicht mußte doch zumindest auf die Farbe ihrer Hände gebracht werden. So rieb sie es denn mit zornigem Eifer selbst eine gute Viertelstunde lang, bis man sie endlich mit sanfter Gewalt wegbrachte. Dann trat sie ernsthaft vor den Spiegel, besah ihr Werk und grinste ihrem Ebenbilde zu. Ihr Antlitz war jetzt freilich nicht schwarz, sondern blutunterlaufen und sowohl bleicher, als röter, wie die Hinterseite eines Pavians violett, was ihr jedoch nur als der erfreuliche Übergang zur künftigen Weiße erschien.

Und dann wurde ihr Haar vorgenommen. Auch das gab ein bitterliches Leidwesen. Es stand nämlich in kleinen, verfitzten, schwarzen Wollkräuseln auf ihrem Haupte. Zwischen den einzelnen ineinander gerollten Löckchen schien die Kopfhaut rötlichbraun durch. Das war ihr ein Greuel, sie zeigte auf Frau Dieters glatten Scheitel und reinlichen Haarknäuel mit flehentlicher Gebärde. Das Striegeln dieses Hauptes ging aber wirklich über die schwachen Kräfte ihrer Pflegemutter. Da mußte der Hausvater helfen und gab sich gutmütig dazu her, ließ Bella niedersetzen und nahm die Reibbürste aus der Küche, denn eine gewöhnliche Haarbürste hätte nicht gefruchtet.

Als dieses Frisieren zum ersten Mal stattfand, schauerte auch der lebenskundige Dieter zurück. In den vielen Nestern der einzelnen Wollkräusel verbarg sich noch das wilde Afrika. Schmutz und Sand und Läuse hausten hier, bisher noch völlig ungestört, wie in einem kleinen Urwald. Sie hatten das ungebärdige Haar zusammengebacken und wehrten sich gründlich ihres angestammten Besitzes. Reibsand und Petroleum hielten her. Und es wurde nach Leibeskräften gestriegelt und geschmiert, gewaschen und gefettet. Die afrikanischen Bewohner mußten endlich aussterben, und die Kräusel lösten sich zwar nur unwillig und äußerst mühselig, aber erschienen wenigstens glänzend und machten einen gewöhnlichen Lockenkopf, der Bellas Ehrgeiz freilich keineswegs genügte, aber vielleicht später einmal sich schlichten und glätten mochte, wie sie sehnlich wünschte.

Mit dieser großen letzten Reinigungsarbeit hatte man sich allerseits das Nachtmahl redlich verdient, das nun mit Dampf und Wohlgeruch auf den Tisch kam. Nachher lehnte sich Dieter behaglich in seinem Stuhl zurück, ließ sich von seinem Buben die lange Pfeife bringen und schmauchte, während er seinem Söhnlein gestattete, auf seinen Knieen zu reiten, was dem großen Jungen noch immer als der Inbegriff würdiger Belohnung und Annehmlichkeit erschien, der schaukelnd seine Schulerlebnisse berichtete und sich vom Vater ausfragen ließ. Bella aber ihrerseits wetzte auf ihrem Sessel hin und her und konnte sich vor Ungeduld nicht fassen, starrte mit glühenden Augen auf den großen weißen Mann, sprang endlich zornentbrannt auf, stieß den Knaben mit einem ihrer wüsten tschechischen Schimpfworte von seinem Ehrensitz und begehrte selber auf Dieters Kniee. Und da durfte der kleine Josef, wenn er auch über diese Gemeinheit noch so aufgebracht war, nicht wehleidig tun, denn das litt der Vater nicht: »Laß jetzt auch die Schwarze

reiten, später kommst du wieder dran!« Und nun schaukelte er
gutmütig das große afrikanische Kind, das eigentlich schon ein
ganzes Weib und doch noch dümmer war, als sein vernünftiger
Junge. Aber sie war auch gewiß und wahrhaftig noch niemals auf
eines guten Vaters Knieen gesessen und geschaukelt worden. Damit
sie aber auch etwas zur Unterhaltung beitrage, die sie mit anständigen gesetzten deutschen Worten nicht wohl führen konnte, sagte er
ihr: »Also Bella, sing' was!« Weil es schön behaglich warm war und
kein Fremder sie beirrte, fing sie, langsam auf den Knieen des Zieh-
vaters sich wiegend, zu singen an, weiche Silben in merkwürdiger
schwermütiger Tonfolge aneinanderreihend: die Gesänge ihrer
Landsleute, die ihr unvergessen eigen waren, wie ihre Haut und ihr
Haar, Gesänge, die sie vor langer Zeit abends im Freien unter dem
hohen Himmel beim Brunnen oder vor den Hütten beim Mahlen
des Korns, beim Melken der Kühe, beim Flechten von Bast selbst
gesungen hatte. Kam aber irgendein Fremder, so sprang sie mit
einem Husch von ihrem guten Sitze, verstummte, verkroch sich in
eine Ecke und glühte den unwillkommenen Gast mit ihren wilden
Augensternen gehässig an. Auch vor dem Doktor Hesky sang sie
um keinen Preis diese Lieder, deren sie sich schämte, die sie vergessen wollte, wie sie ihre Haut und ihr Haar verleugnete, und von
denen sie sich nur gleichsam überkommen ließ, wenn sie sich ganz
unbeachtet dem Wohlsein der Abendruhe ergab. Sie schien überhaupt den Doktor fast zu verabscheuen, jedenfalls recht zu fürch-
ten, obgleich sie ihm durchaus und ohne Widerstand gehorchte.
Aber an ihren Blicken sah man den Kampf, das Widerstreben, den
Zorn, diesem Manne untertan zu bleiben. Befahl er etwas, so erfüllte
sie es schweigend, mit trotzigem Mund und gesenkten Augen, aber
nur das, was sich erzwingen ließ, nicht mehr. Befahl er ihr zu singen, so krähte sie irgendeinen tschechischen Gassenhauer, den sie
bei ihrem Prager Aufenthalt gelernt, ingrimmig falsch, laut und
höhnisch, daß sich alle die Ohren zuhielten und froh waren, wenn
sie aufhörte und voll Genugtuung nach beendetem Gesang die
Zunge herausstreckte.

Auch in ihren Unterhaltungen mit dem jungen Dieter – die beiden spielten und schwatzten lange Nachmittage miteinander in
einer Zimmerecke – lehnte sie jede Auskunft über ihre Heimat mit
einem wegwerfenden Kopfschütteln ab. Die Kinder hatten sich eine

unbeholfene Umgangssprache gebildet, in der sie sich, für die Erwachsenen völlig unverständlich, nach ihrer Art ganz wohl einander mitteilen konnten. Josef sprach Deutsch und verstand von seiner Mutter her – Frau Dieter war eine Landsmännin Heskys – ungefähr ebensoviel Tschechisch, wie Bella; diese wieder redete ein mit afrikanischen Sprachfetzen behängtes Deutsch, dazwischen englische Brocken und tschechische Floskeln, letztere besonders, wenn es einen Schimpf galt, sei es, daß diese Sprache sich zum Schelten vorzüglich eignet, sei es, daß Bella bei ihrem Aufenthalt in Böhmen durch Heskys Mutter gewisse Ausdrücke sozusagen auf ihren Rücken gekerbt und in der rhythmisch eindringlichen Begleitung von Schlägen dem Gedächtnis eingeprägt bekommen hatte. Derlei Redensarten haften besonders gründlich und kommen bei ähnlichem Anlaß unwillkürlich wieder hervor wie alte strenge Striemen. Ihre Erziehung in Böhmen mochte überhaupt sowohl schwierig als schmerzlich genug gewesen sein. Auch davon liebte sie nicht sehr zu reden. Josef, der eben in dem Alter war, wo sich die Knaben mit den höheren Dingen auseinanderzusetzen beginnen, jegliche Betätigung derben Mutes und männlicher Rücksichtslosigkeit suchen und es gerade darauf abgesehen haben, wovor man ihnen Respekt einbläuen will, befaßte sich in allen seinen Gedanken und Bestrebungen mit einer wilden und ruchlosen Gottesleugnung. Nicht bloß, daß er den geduldigen alten Himmelvater sich zugleich vorstellte und mit allen Schimpfnamen schmähte, die er aufzubringen und zu erfinden verstand, um ihn nur wieder aus der Welt wegzufluchen, sondern er setzte ihn auch täglich und stündlich ins Unrecht, indem er ihn jeder bösen Wendung beschuldigte, die etwa eintraf, so daß ein nicht vorhandener Herrgott zugleich den Sündenbock für alles abgeben mußte, was Josef irgend mißfiel. Dieser Kampf gegen den lieben Gott bildete des Knaben eigentliche feierliche Lebensaufgabe, auf welche er sich »bei Gott«, man muß schon so sagen, nicht weniger zuguttat, wie von je die Aufklärung auf ihren heiligen Beruf. Man kann sich denken, daß Josef seine Kameradin vor allem in diese Grundtatsache einzuweihen, mit dem ersten und letzten Ergebnis seiner Weltanschauung vertraut zu machen suchte: »es gibt keinen Gott«.

Doch wie merkwürdig: Bella war von dieser Nachricht, die wie Josef glaubte, all ihre eingeborenen Vorstellungen erschüttern und

sie in den bittersten Zustand des Nichts und der Zerknirschung
stürzen mußte, gar nicht sonderlich berührt! Sie hörte zu und nickte
gedankenlos. Er mußte ihr nun auseinandersetzen, was er meinte.
Gott! Was war, wer war Gott? Das war ein Mann, ein Geist, ein
Vater, ein Sohn, dreierlei und einerlei, der angeblich alles erschaffen
hatte, was auf der Welt war, Baum und Sonne, Boden und Himmel,
Feuer und Wasser. So hieß es. Aber das war nicht richtig. Es gab
keinen Gott. Bella bestätigte das, Feuer zündete der Mensch, Wasser
kam aus dem Wasserleitungsrohr, wenn es regnete, machten es die
Wolken. Diese Erklärung erschien wieder dem Knaben gar zu flach
und grob, denn im Hintergrunde blieb doch etwas stehen. Bella
warf hin, in Prag seien viele, viele Götter gewesen. Nein, meinte
Josef, es gibt doch nur einen oder dreierlei in einem: Gott Vater,
Sohn und heiliger Geist. Auch in Prag könne es nicht mehr geben.
Doch! Dort seien viele, viele große, hohe, steinerne Götter mit Gold
und Farbe gewesen. Das waren ja nur die Kirchen, die sie meinte.
Dort sollte bloß der Gott wohnen, aber die hohen, steinernen, goldenen Dinge waren nicht Gott selbst, sondern nur von Menschen
gemacht, um ihn anzubeten. Auch das war Bella recht. Ihretwegen
brauchte keiner einen lebendigen Gott zu glauben oder zu leugnen.
Es ging doch alles ganz ruhig, ob man von solchem Zeug schwatzte
oder nicht. Was sollte sie mit einem Gott anfangen? Josef ärgerte
sich wieder über diese gemeine Gleichgültigkeit und alltägliche,
rohe Nüchternheit. So war es nicht gemeint. Wenn man einen Gott
verleugnet, muß man ihn unter Furcht und Zweifeln von seinem
angestammten Himmel herabziehen, ihn einen toten Hund heißen
und dabei warten, ob er einem nicht im nächsten Moment die Zunge im Mund verbrennen läßt. Man muß seine Allgegenwart verla-
chen, wenn man irgendwas anstellt, das keine strafende Gerechtig-
keit erblicken soll und dabei immerzu denken: sieht er's und tut
nichts dergleichen? Nein, er sieht es nicht, weil er ja gar nicht ist, ich
darf machen was ich will. Man konnte eine Türklinke auf- und zu-
drehen. Auf! Hab ich das jetzt mit meinem freien Willen getan, oder
hat mir das der Herrgott bestimmt? Zu! Weiß er das? Auf! Er weiß
es nicht! Das war der Herrgott.

Und daß man überhaupt auf der Welt war, wer hatte das ange-
schafft? Die Wolken am Himmel, den Baum, die Tauben auf dem
Dache, alles Tun und Treiben der Menschen, das Gute und das

Böse, schwarze, rote und weiße Menschen, die Donau, den Prater, was sie hier redeten und taten, das alles sollte ein Gott gemacht haben, ein einziger Gott, der sollte mit einem großen roten Mantel und wallendem weißen Bart unsichtbar über sieben Himmeln sitzen und mit einem Blick anschaffen: da scheint die Sonne, da springt ein Wasser, da sitzen zwei, einer ist schwarz, einer weiß! So war der Herrgott.

Und wieder mußte man dessen, der nicht war, des geleugneten, beschimpften, immer wieder denken. Ja, mit dem lieben Herrgott geht es den Menschen nicht anders, als jenem Schatzgräber, dem man einen goldenen Fund verheißen, aber unter einer einzigen kleinen Bedingung: er dürfe dabei nicht an ein Nashorn denken. Und nun konnte er den Schatz niemals heben, denn immer fiel ihm das Nashorn ein. So durfte Josef auch den verteufelten Herrgott nimmer und nimmermehr aus seinen Gedanken bringen, da er ihn einmal hatte nennen hören. Er mußte ihn glauben, indem er ihn leugnete, von ihm reden, indem er ihn höhnte und ihn überaus groß und wichtig nehmen, wenn er ihn der kleinen Negerin doch als eiteln Wahnwitz und nicht vorhandenen Menschenunsinn recht eindringlich verleiden wollte, die an Gott so wenig dachte, wie der Schatzgräber vor der Verheißung an das Nashorn.

Nicht in allen Stücken erschien aber Bella so untergeordnet, wie bei diesen metaphysischen Unterhaltungen, denn sie erfreute sich eines vornehmen Verkehrs, hatte sie doch, wie wir schon früher erzählten, während ihrer Ausstellung allerhand Freunde gewonnen, die ihr nach wie vor Aufmerksamkeit schenkten, da diese kleine Negerin in den üblichen Gesellschaften recht wohl eine eigenartige Sehenswürdigkeit abgab. Man konnte sich mit ihr vor den anderen Leuten hervortun, eine nähere Verbindung mit der Wissenschaft, mit einem zur Zeit berühmten und populären Manne aufweisen und mit einer afrikanischen Spezialität Staat machen. Daher wurde Bella wiederholt zu Nachmittagsgesellschaften eingeladen, wo sich die verschiedenen jungen Mädchen mit Ach und Oh, Zärtlichkeiten und schwärmerischen Huldigungen, Seufzern und Küßchen um sie bemühten, was die Negerkönigstochter teils mit würdiger Geduld, teils mit zähnebleckendem Hohn und tschechischen, gottseidank hier im Lande nicht gemeinverständlichen Flüchen über sich ergehen ließ und nur, wenn eine der versammelten Damen ihr allzu schmachtend lästig fiel, sich etwa mit einer ausholenden Ohrfeige wehrte. Solche unerwartete Grobheiten machten sie zwar recht gefährlich, aber wiederum doppelt merkwürdig, so daß man dieses possierliche, wilde Tier ohne Maulkorb und Kette neben sich duldete und ihm sein Böses belustigt zugutehielt. Man fütterte Bella mit Zuckerwerk und bewunderte ihre Leistungsfähigkeit auf diesem Gebiete, indem sie recht wohl auf einen Sitz ein Kilogramm Schokoladenbonbons verschlingen konnte, woran sich die ganze Gesellschaft als an einem gotterschaffenen Naturschauspiele weidete. Freilich hatte sie nachher zu Hause gewisse Beschwerden, wogegen der Doktor Hesky eine beträchtliche Quantität Rhizinusöl verordnen mußte, um ihre unverwüstliche Gesundheit wieder ins Gleichgewicht zu bringen.

Was aber das Geistige betraf, so zeigten ihr die verzückten Fräulein ihre Photographiealbums und goldstrahlenden Prachtwerke und erbaten sich von der neuen Freundin auch den üblichen Tribut des Andenkens und der guten Gesinnung in ihren Stammbüchern. Hier sollte auch Bella neben den zierlichsten Zeichnungen, den bekanntesten Wunsch- und Unschuldsverslein, fein gestochenen Melodieen, Gebinden aus gepreßten Blumen und all dem verlogenen Kram der weiblichen Jugendeselei sich verewigen. Das war leichter verlangt, als erfüllt, denn sie konnte weder schreiben noch lesen, weder zeichnen noch malen, und verstand sich auch nicht auf die tieferen Zwecke solcher Unternehmungen. Mithin schüttete sie auf eine schöne weiße Seite ein Tintenfaß aus, und das mußte als bleibendes Zeichen ihrer Freundschaft gelten, In ein anderes dargereichtes Album spuckte sie wieder kräftig hinein, womit sie ein schlichtes Geschenk ihres Innenlebens darbot.

Dieser Zustand gröblicher Unbildung erweckte in ihrem Ziehvater Dieter den Gedanken, das Mädel sollte etwas lernen. Herr Dieter begab sich daher in die Volksschule, die auch sein Sohn besuchte und fragte den Oberlehrer, ob er nicht eine kleine Negerin aufnehmen möchte. Das war eine rechte Verlegenheit. Dafür gab es noch kein Beispiel in der Schulvergangenheit.

»Ist sie schulpflichtig?«

»Ja, sie ist noch nicht vierzehn Jahre alt.«

Bei diesem erschwerenden Umstande konnte man im Grunde ihre Aufnahme nicht verweigern, wenngleich die Negerin doch nicht unbedingt nach Wien gehörte. Aber wer zu einem Geistlichen kommt, darf der Segnungen der Religion, und wer von einem Lehrer Unterricht verlangt, nicht des seligen Brotes der Bildung beraubt bleiben. Also mochte die Vorfrage, ob Bella aufgenommen werden müsse, zwar rechtlich strittig sein, menschlich, sittlich, pädagogisch war sie es nicht. Der Lehrer gedachte daher, so lange als möglich sich zu sträuben, aber schließlich, wenn darauf bestanden wurde, ja zu sagen.

Dieter war nicht der Mann, von seinem Verlangen so leicht abzulassen und eine beschlossene Sache preiszugeben. Er blieb so lange ruhig vor dem verlegenen Schulmanne und wiederholte, das Mädel müsse endlich etwas lernen, bis der Herr Oberlehrer in Gottesnamen ein Formular hervorzog. Dieter lächelte befriedigt, denn wenn einmal ein Formular erscheint, taucht doch der Beginn einer Erledigung, wenngleich erst in weiter Ferne, auf dem Horizont empor.

Das Nationale. Die mannigfachen Rubriken dieser Urkunde wurden vorgelesen. Was es alles für Dinge gab, die diesem Falle durchaus widerprachen!

»Aber lieber Herr. Das alles stimmt ja nicht. Was soll denn dem Mädel zum Lesen- und Schreibenlernen ein Nationale? So streng wird's ja nicht sein.«

»Ich brauche das vor der Schulbehörde, um die Aufnahme zu rechtfertigen.« Seufzend ergab sich Dieter.

»Name!«– Wie hieß sie? Liapaleng. Das war kein Name. »Sagen wir also Bella.« – »Zuname?« – »Nicht daß ich wüßte.« – »Geburts- und Taufschein!« – »So etwas gibt's in Afrika nicht. Aber geboren ist sie, darauf können Sie sich verlassen!« – »Konfession!« – Dieter kraute sich hinter den Ohren. »Sie wird wohl die Negerreligion haben.«

»Ist sie vielleicht katholisch getauft?«

»Beileibe nein!«

»Das wäre aber gut, dann hätten wir wenigstens einen Taufschein.«

»Meinetwegen, auf ein bißchen kaltes Wasser mehr oder weniger kommt es ihr nicht an, sie wird vielleicht eher weiß davon.«

»Name und Stand, Titel und Charakter des Vaters!« – »Wie der Kerl heißt, weiß ich nicht, schreiben Sie einfach: König in Afrika.« – »Aber das geht doch nicht um Gottes Christi willen!«

»So geben Sie mich als Ziehvater an!« – Kopfschütteln des verzweifelnden Schulmannes.

Zuständigkeit! »Afrika.« Afrika! Das war wieder eine Antwort! Afrika war groß. Sie mußte doch eine Heimatsgemeinde haben, oder nicht?

Von dem hartnäckigen Bildungswerber bezwungen, ergab sich der Oberlehrer in die völlig ordnungswidrige Existenz und Schulunwürdigkeit Bellas, nicht ohne sich als Verbrecher gegen alle Vorschriften recht unbehaglich und von einer peinlichen Rüge seiner Vorgesetzten bedroht zu fühlen.

Schweißbedeckt verließ Vater Dieter den Lehrer, es hatte einen harten Kampf gekostet, bis Bella zum ersten Male mit einer Tasche auf dem Rücken, neben Josef in die Schule ging, um ohne Ausweispapiere das ABC zu lernen. Morgens vor acht Uhr war die Straße mit lauter kleinen Leuten gefüllt, von welchen sittsam und bedächtig allein oder paarweise die einen, toll und abenteuerlich, raufend und balgend die andern den täglichen Weg in die Schule gingen, um dann vier lange Stunden seufzend auf den Schulbänken zu sitzen und aufzupassen.

Als Bella und Dieter zum erstenmal unter diese Schar gerieten, bildete sich ein Spalier von Kindern, die zischten, tuschelten, riefen und auf die Schwarze mit Fingern zeigten. Darüber erbost, riß Bella die Schultasche vom Rücken, hieb damit nach rechts und links gleichmäßig um sich, so daß sie die Gasse frei bekam und rief trotzig den davoneilenden nach: »Pamschabel verfluchter, Saubüttelböhm«, oder was ihr sonst an tschechischen und deutschen Schimpfworten geläufig war, die auf alle Feinde und Gelegenheiten sich reimen, wie pack dich auf ich schlag dich!

Im Schulzimmer gab es ein ähnliches Halloh und ähnliche Abwehr, nur daß Bella dort einen blonden Zopf zu packen kriegte und den zugehörigen Kopf hin und her zog wie einen Glockenschwengel, mit dem schönen mitgebrachten Lineal wie mit einem Negerschwert um sich hieb und schließlich verflucht, gefürchtet, verspottet und gemieden als eine wahrhafte afrikanische Gottesgeißel in der letzten Bank allein saß. Aber sie durfte sich nur zwei Tage lang unter den weißen Kindern aufhalten, denn der Lehrer bekam wegen der menschenfreundlichen Aufnahme der wilden Negerin so nachhaltige Beschwerden der Eltern zu hören, die über Mißhandlungen ihrer Töchter, über blaue Flecke, Beulen, ausgerissene Haare, ruinierte Kleider, zerrissene Bücher, um die Köpfe geschlagene Hefte unter Vorweisung der betreffenden Schäden so entschiedene Klagen vorbrachten, daß er Bella dem Herrn Dieter schließlich als gänzlich unbrauchbar und leider bürgerlich unmöglich wieder zur Verfügung stellte.

Josef, der sich in der Rolle des Beschützers und Begleiters einer schwarzen Königstochter gefallen hatte, war über diese schnöde Behandlung wie sein Vater entrüstet und trug in der nächsten Zeit mehrere Ehrenbeleidigungen ritterlich aus, welche ihn und seine Gefährtin verunglimpften.

Bella fand sich aber bald in ihre Unbildung, rieb und scheuerte und begnügte sich damit, wenigstens von außen ihrer angeborenen und verfluchten Schwärze Herr zu werden, ließ sich doch im Grunde auch ohne das Einmaleins auf der Welt sein.

Aber die ruhigen Zeiten hörten auf, in denen Bella getrost gelebt hatte, wie ein Sommervogel in der Wärme des blauen Julitages. Wolken zogen auf. Bella sah sie zuerst nicht einmal, bis sie schwarz und schwer über ihrem Haupte hingen und das Ungewitter dastand, so unverschuldet wie unabwendbar. Die Frau Dieter war immer schon müde gewesen, das Gehen fiel ihr schwer, sie konnte die täglichen Arbeiten nicht mehr bewältigen, und eines Abends kam aus ihrem stöhnenden Munde ein kleiner, roter Blutstrahl, und dann mußte sich die Arme niederlegen und erhob sich nicht mehr von ihrem Bette, hustete immer stärker, schwerer, mühseliger, wurde immer blässer und immer röter und lag tagelang mit halbgeschlossenen Augen da, die fleißigen Hände kraftlos auf der Decke, die Finger auf dem Tuche irrselig spielend, wie törichte Kinder.

Und über die vertraute Stube sank von selbst, ohne daß irgendwer es geboten hätte, eine zaghafte Stille. Alle flüsterten, Bella saß in einer Ecke und sah mit unwissenden Augen auf die Frau im Bette und was mit ihr geschah. Josef kam aus der Schule und setzte sich dazu und redete kein lautes Wort. Jetzt gab es kein Wasserschaff am Abend, kein Schaukeln auf Herrn Dieters Knieen und eines Tages hatte die arme Frau die Augen ganz geschlossen, sie rief nicht einmal mehr ihren Mann und ihren Buben zu sich, sie hatte kein letztes Lächeln und strich nicht einmal mehr über Josefs blonden Scheitel, sie schlief hinüber, und auf einmal war sie aus der kleinen Welt fort. Dieter stand vor ihr und schüttelte den Kopf und wußte nicht, was er sagen sollte. So früh schon! Sie hatte doch einen so kleinen Jungen und hätte sich noch durch ein gutes Stück Plage arbeiten müssen, bis sie vielleicht auch an dem Buben ein wenig Freude gehabt hätte. Er führte die beiden Kinder zu dem Bett und ließ sie die Tote anschauen, die mit müden strengen Zügen wachsgelb dalag und schwieg. Josef barg seinen Kopf an dem Knie des sitzenden Mannes und sah, daß der Tod unerbittlich war, ein furchtbarer Gott. Bella schaute von der Toten zu den Lebenden, ratlos, irr und bekümmert, bis sie bitterlich heulte, denn dazu bedurfte es keiner Belehrung, zu erfahren, daß da etwas Rechtes gestorben und zerstört, eine Pflegemutter ihr genommen war, die sie allein weiß und rein machen konnte.

Man bestattete die Tote und kehrte in die verlassene Behausung zurück. Aber es war nicht mehr das alte Leben, das man aufnahm. Eine Waschfrau half bei der kleinen Wirtschaft und Bella rieb und scheuerte ohne Dank. Niemand besah mehr ihre roten Handflächen und fand sie blasser.

Mittlerweile war Hesky in der Welt emporgestiegen und ein hoher Herr geworden. Er hatte sein fertiges Werk in glänzendem Prachtbande dem Monarchen überreicht, ein stattliches Honorar geerntet, seine gewesene Braut befriedigt, nun reiste er in ganz Österreich umher, hielt Vorträge, feierte Triumphe, rüstete zu einer neuen Reise, kehrte doppelt bedeutend wieder in seinen geliebten Prater zurück und fand nur mehr wenig Zeit, sich um seinen alten Freund zu kümmern. Doch nicht etwa aus gröblicher Undankbarkeit, wie es auch von dem bescheidenen Dieter nicht dafür gehalten wurde, sondern es war eben der einfache, natürliche Lauf der Dinge. Er hatte jetzt für seine Lebensaufgabe zu sorgen, ging beim Unterrichtsminister aus und ein, besprach mit Hofräten seine Pläne und wurde nicht nur von dem Präsidenten der ethnographischen Gesellschaft, sondern von allen wichtigen Leuten im Lande mit Achtung und Teilnahme angehört. Früher als wunderlicher Narr und bescheidener Abenteurer mit gutmütigem Spotte angeschaut, war er nun ein wichtiges Mitglied der wissenschaftlichen Kreise, eine Hoffnung, ein Stolz des engeren tschechischen, des weiteren österreichischen Vaterlandes, nicht mehr auf den wackeren Chaloupka, den Vater der Reisenden angewiesen, sondern jedem hochwillkommen, bei dem er zu erscheinen für gut fand. Alle Türen standen ihm offen, alle Geldbeutel knöpften sich vor ihm auf, was war Dieter jetzt für ihn? Der hatte ihm redlich und nach bestem Willen und Wissen gedient, hatte ihm wörtlich und in jedem weiteren Sinne auf den Sattel geholfen, und Hesky verstand zu reiten und ritt nun davon, das war natürlich und auch berechtigt. Dieter schaute ihm stolz nach und zufrieden, daß sein Schützling dabei eine so gute Figur machte.

Zu Hause kramte Dieter einmal im Schrank seiner Frau unter ihrer Wäsche, ihren Kleidern, ihren kleinen bescheidenen Andenken, Schmucksachen und Papieren und stieß auf eine große Schachtel, die er öffnete. Da standen alle Medikamente, die ihr der Doktor Hesky verschrieben hatte, unbenützt, nur gerade geöffnet. Da lagen Briefe an seine Frau von ihrer Mutter, und er las, wie die Alte ihre Tochter vor den Heilmitteln des Afrikareisenden inständig gewarnt, denn der habe ihren Mann gewonnen und wolle sie nur aus dem Wege räumen, um ihn nach Afrika als Reisegefährten mitzubekommen. Sie solle lieber die und jene Sympathiemittel brauchen, ein Husten sei nichts Besonderes und werde schon von selbst sich wieder bessern wenn sie sich nur vor bösen Menschen hüte. Da lagen diese Fläschchen und Mixturen, da lag das ganze Schicksal seiner armen törichten Frau, und er hatte nichts davon gewußt. Recht eigentlich ihm zuliebe war die Arme wehrlos zugrunde gegangen, er hatte sich eines fremden Menschen angenommen und dabei dem nächsten Liebsten wehegetan, ohne davon zu wissen, schuldig ohne Arg. Kopfschüttelnd packte Dieter die ganze Schachtel und warf sie ins Feuer.

Bella hatte, scheinbar vom ewigen Scheuern und Reiben, wunde Hände bekommen. Sie achtete nicht darauf, aber Dieter behandelte sie mit Fett und suchte die aufgesprungenen Finger damit zu heilen, ohne daß das Übel heilte.

Um die Kleine während seiner Geschäftsgänge nicht in der verödeten Wohnung allein zu lassen, wo sie unbewacht irgend etwas anstellen konnte, aber auch damit sie unter Menschen komme und Leute sehe, nahm er sie und Josef nachmittags auf seine dienstlichen Besuche mit. Er mußte nämlich die schön gedruckten Jahresberichte der Gesellschaft den Mitgliedern ins Haus tragen, bei denen er bekannt und freundlich aufgenommen war, hatte er doch selbst diese Mitglieder größtenteils angeworben und für die Ethnographie gewonnen; alle schätzten den zuverlässigen, bescheidenen und in seiner Art geschickten Mann, der sich mit dem natürlichsten Betragen eines geraden, schlichten Menschen, ohne je den Respekt zu verletzen, doch als wahrhaft gleichberechtigt zu benehmen wußte und nach seinen Kräften auch manchem Höhergestellten, stand es bei ihm, den und jenen guten Dienst erwies. So war er überall willkommen, wenn er seinen Bericht mit geziemendem Gruß überreichte und den Jahresbeitrag bei dieser Gelegenheit einkassierte. Man bot ihm einen Stuhl, eine gute Zigarre, ein Gläschen Wein oder Schnaps, sprach über die Neuigkeiten des Tages und schied dann in alter, guter Freundschaft.

Nach vielen solchen Besuchen gelangte er mit seinen beiden Kindern, dem schwarzen und dem weißen, wobei das schwarze gleichsam als Sinnbild der interessanten Bestrebungen des Vereins und seiner, Dieters besonderer, bewährter Mühewaltungen um Österreichs größten Afrikareisenden nach Gebühr angestaunt, befragt, beschenkt wurde, zu einem vielbeschäftigten Arzte, der ihm herzlich gewogen war. Als sich dieser nach Dieters Verhältnissen und gegenwärtigen Umständen erkundigte, mit Bedauern vom Tode seiner Gattin hörte und neugierig die kleine Negerin betrachtete, fiel es dem sorglichen Familienvater ein, den sachverständigen Mann auch wegen Bellas Handübel zu fragen, das sich leider gar nicht bessern wollte. Der Arzt besah sich die staunende Afrikanerin und ihre Finger, schüttelte den Kopf und sagte leise zu Dieter: »Mein lieber Freund, die Kleine ist im höchsten Grade skrophulös. Das Klima, die ganzen Lebensgewohnheiten wirken mit, da muß etwas geschehen, sonst geht sie Ihnen drauf, vor allem dürfen Sie sie nicht zu Hause bei Ihrem Buben behalten. Das wäre ein ganz sträflicher Leichtsinn.«

»Ja, ja! Alles recht schön und gut. Aber was soll ich mit ihr anfangen?«

»In ein Spital mit ihr! Augenblicklich! Bei ordentlicher Behandlung wird sie gesund. Der Hesky reist nach einem halben Jahre ohnehin wieder nach Afrika, dann mag er sie mitnehmen. Dort gehört sie hin. Es wäre doch schade um ein solches Negerprachtstück. Das ist ja ein Hauptexemplar von einem wilden Weibchen. Also unverzüglich ins Spital!«

Dieter hörte ehrerbietig zu, sah mit einem traurigen Seitenblicke auf die Kinder, die bei der Eingangstür vertraulich nebeneinander standen, dann sagte er schönen Dank, der Arzt nickte ihm ein freundliches »Gott befohlen«, und er ging mit seinen beiden Schützlingen betrübt fort.

Auf der Gasse fiel ihm der gute, schlimme Rat bedenklich aufs Herz., denn er hatte sich an die kleine Schwarze recht gewöhnt, und sie war ihm lieb, ist es doch der Güte gemäß, an einem anvertrauten menschlichen Wesen nicht nur ordentlich zu handeln, sondern dabei das eigene Gefühl so freigebig zu betätigen, daß ein fremdes Geschöpf einem unversehens teuer wird, wie das nächste. So hatte er die arme Negerin wie ein eigenes Kind gehalten. Nun sollte er sie wie ein gleichgültiges Ding wieder weggeben und verlassen, hinausstoßen unter fremde Leute in ein Spital, wo keiner sie verstand. Denn wußte Bella auch nicht viel zu reden und besaß nur die einfachsten Gebärden und Ausdrücke ihrer Wünsche und Gefühle, so hatte sie doch sicherlich wie jedes Menschenkind eine ganze weite Welt des Inneren, um welche er wie ein Vater Bescheid wußte, und die er lächelnd, aber liebevoll würdigte, als hätte er sie gezeugt. Am Ende hätte er gar seinen eigenen Buben leichter aus den Händen gelassen, dem ja ein stärkeres, reichlicheres Erbe mitgegeben war, indes die fremde Negerin doppelt arm schien, da sie von dem Überschuß seiner Gaben lebte und vielleicht bitterlich verhungerte ohne das Gnadenbrot der Liebe.

Aber was sein mußte, war einmal nicht zu ändern, und so schien es ihm das beste, sofort zu handeln und den argen Entschluß auch gleich zu Ende zu führen. Daher schlug er den Weg zum Krankenhause ein, nahm Bella an seine rechte Hand, Josef an die Linke und begann der Kleinen zu erzählen, der Herr, bei dem sie eben gewesen, sei ein großer Medizinmann, ein Njaka, ein Zauberer, der jedem Menschen auf den Grund sehe und das Schicksal lese, der habe ihm gesagt, sie wolle weiß werden. Er habe recht erstaunt gefragt, woran der Njaka das erkenne. Der aber habe ihm geantwortet, an ihren Händen, die schon ganz blaß seien. Doch habe sie, um recht vollkommen weiß, wie die Leute hier alle und auch ganz gesund zu werden, noch andere Dinge zu tun und mannigfache Beschwörungen und Zaubermittel anwenden zu lassen, die er, Dieter, nicht kenne, denn er sei leider kein Njaka und verstehe nichts davon. Darum bringe er sie jetzt zu einem großen Hause, wo viele mächtige Njakas wohnten, die sie erst gescheit behandeln müßten, so daß sie auch wirklich weiß würde. Und da standen sie schon vor dem fremden Gebäude. Er ging mir den Kindern hinein und ließ Josef vor der Kanzlei warten. Drin aber sprach er mit dem anwesenden Arzt, der Bellas Hände besah und sie bereitwillig aufnahm. Dann bat Dieter noch, sie möge hübsch brav sein, damit dem Medizinmann die große Kur auch gelinge, es werde ihr schon gut ergehen in dem Zauberhause, und sie solle der Krankenschwester folgen, welche dastand und auf Bella wartete.

Die zeigte ein merkwürdiges Gesicht. Ihm war, als müßten Afrikas wilde Tiere so blicken vor dem Ansprung auf den Menschen. Bei Gott, es wäre ihm recht und billig erschienen, wenn Bella ihm mit ihren weißen Zähnen an den Hals gefallen wäre. So sah sie aus, wie auf dem Sprung. Und zugleich hatte ihr Auge einen Ausdruck, den er nie mehr in seinem Leben vergaß, der sagte nichts weiter, als ein stummes, entsetztes: Auch du! Sie war durch die Hände aller Menschen gegangen, einer hatte sie dem anderen weitergegeben, als ein kurioses Ding, sie hatte zu essen bekommen, Schläge gekriegt, gebrüllt, gelacht, vergessen, sie hatte ihre Besitzer vertauscht wie die Gegenden, die sie gesehen und wieder verlassen, bis sie in das kleine Haus gekommen war, zu seiner braven Frau, zu ihm, und da hatte sie sich zum ersten Male fest und sicher gefühlt. Jetzt erwies sich alles als falsch und treulos, wie immer, man gab sie wieder aus der Hand. Oh, hätte sie ihm doch eines ihrer herzhaften Schimpfworte zugerufen, um sich geschlagen, sich gewehrt, ein Wort nur gesagt, das ihn vor sich selbst gerechtfertigt hätte. Aber das tat sie nicht, sondern schaute ihn nur diesen einen Augenblick lang an. Und dann ging sie mit gesenktem Kopfe hinaus, der Krankenschwester nach.

Schweigsam und bekümmert entfernte sich Dieter mit seinem Jungen und kehrte in die stille Wohnung heim, wo ihn der eine wunde, grimme Blick aus jedem Dinge ansah, das diese kleine Negerin in Händen gehabt hatte, so daß jedes still das gleiche Bittre sagte und verschwieg: Auch du!

In der nächsten Zeit machte sich Dieter einmal auf, um seinen alten Freund Hesky doch wiederzusehen als anerkannt großen Mann und im Glücke. Wie lange schon war er nicht mehr in dem einsamen Praterpavillon gewesen, der unter den Bäumen vornehm weiß hervorschimmerte. Nachdenklich betrat er den vertrauten Saal, der einen ungewohnten, neuen, behaglichen Eindruck machte, denn ein paar reinliche Möbel, Teppiche und Hausgeräte standen wohlgeordnet da, eine Lampe hing über einem rechtschaffenen Tische, ein bürgerliches Lager, kein aufgeklapptes Feldbett, wie es der Doktor

Hesky sonst immer benützt, zeigte sich sauber gebettet in der Ecke und afrikanische Waffen, Gewehre, Dolche und Hörner hingen zu einem abenteuerlichen, doch geordneten Zimmerschmuck gruppiert, an der Wand, weiße Vorhänge gaben dem früher kahlen Raume ein freundliches Ansehen, man bemerkte gleich, um den unbekümmerten Doktor Hesky trug jetzt ein auf die tägliche kleine Wohlanständigkeit bedachtes weibliches Wesen Sorge. Dieter hätte nicht ein braver Ehemann sein müssen, um dies nicht gleich kopfschüttelnd bei sich festzustellen. Kaum hatte er sich erst recht umgesehen, so war dieser wirkende Geist der Sauberkeit auch schon zur Stelle und begrüßte ihn freundlich: die Anna, des Hausverwalters Tochter, welche stattlich, mit herzlichem Lachen und dem eigenen munteren Behagen, das er kannte, vor ihn trat, ein bißchen ansehnlicher, als sonst, zwar wie immer in ihrer Alltagskleidung mit Schürze und Bluse, Kopftuch und aufgeschürzten Ärmeln, mit bloßen, festen wohlgerundeten Armen, aber irgendwie selbstbewußter oder vornehmer. Wie soll ein Mannsbild all die kleinen Finten und körperlichen oder seelischen Witze kennen, die ein Frauenzimmer aufsteckt, wenn es sich hervortun und würdig machen will!

Der Doktor Hesky sei ausgeritten, käme aber wohl recht bald zurück und würde sich freuen, den Herrn Dieter zu sehen. »Es ist schön, daß Sie sich wieder einmal um ihn kümmern, warum sind Sie denn so rar geworden?«

»Der Doktor Hesky hat ja jetzt ganz andere Leute, der braucht mich nicht mehr, ihm ist gewiß das Fräulein Anna lieber, als ich altes Möbel.«

»Warum nicht gar? Ich bitt' Sie, dem Doktor Hesky fällt's keinen Augenblick ein, wie ich ausschau'. Ja, wenn ich ein Roß wär', oder ein afrikanischer Affe oder ein zerraufter afrikanischer Neger! Ein weißes Frauenzimmer aber wie ich sieht er nicht einmal darauf an, ob's eine Alte oder Junge ist«

»Aber daß Sie ein Frauenzimmer sind, weiß er schon, und das ist die Hauptsache.«

Sie lachte.

»Nun, was machen Sie denn sonst, Fräulein Anna? Noch keinen Mann in Aussicht? Ich hab' Sie schon lange verheiraten wollen.«

»Männer genug, aber zum Heiraten ist die Auswahl zu groß! Da man nur einen nehmen kann, geht's gar so schwer. Der eine hat das, der andere das, irgendwas Gutes kommt auf irgendwas Schlechtes, und man kann sich's nicht so zusammenklauben, wie man will.«

Dieter schüttelte interessiert den Kopf. Sie sah wirklich ganz danach aus, als ob sie an jeder Falte einen Anbeter hängen hätte. Von dem Gewichte solcher Verehrung wird ein Frauenzimmer statt niedergedrückt, ganz besonders grad und groß und schupft die Achseln. Er kannte die Gebärde. Das war's, weshalb sie so übermütig dreinschaute. Belustigt fragte er sie aus mit seinem gutmütig verständnisvollen Blick, dem man unwillkürlich Vertrauen schenkte, so daß man gar kein Geheimnis vor ihm zu haben brauchte, da er ohnedies alles wußte, was einen anging und alles auch verstand.

»Da wäre zum Beispiel der Wachmann draußen, Sie kennen ihn ja, den großen blonden, der hier immer Inspektion hat.«

Freilich kannte er den: »Ein hübscher Mensch!«

»Ganz leidlich, ein bissel dumm, aber verliebt.«

»Eben darum, und der andere?«

Sie errötete und lächelte, ein wenig verlegen, ein wenig verschämt, halb stolz, halb demütig: »Sie wissen schon!«

»Ach so, also der! Und was sagt er denn dazu?«

»Er? Mein Gott, der wird doch nicht reden, den muß man eben nehmen, wenn man ihn haben mag. Dem fällt doch sowas von selbst nicht ein, aber wenn ich will, wird's ihm schon recht sein. Wüßte ich nur selber, ob ich soll. Was glauben Sie? Der Wachmann oder er?«

»Der Wachmann ist ein hübscher Kerl, groß, schaut nach was Rechtem aus, hat eine Figur, nicht wahr?«

»Ja, das wär' alles recht schön. Aber der andere ist doch wer! Der hat so etwas gewisses Heimliches und stellt in der Welt doch mehr vor, kriegt Geld und Orden und kommt herum. Der Wachmann freilich hat wieder seine Uniform, und über den lacht kein Mensch. Der Doktor Hesky ist allerweil ein bissel komisch.«

»Ich möcht' an Ihrer Stelle den Wachmann nehmen. Was fangen Sie mit einem Afrikareisenden an?« – »Mitfahren müßt' ich!« – »Nach Afrika, warum nicht gar?« – »Meinen Sie, ich könnte nicht auch reisen, jagen, reiten und schießen, Lust hätt' ich schon dazu?« – »Aber, wenn Sie den Wachmann nehmen, brauchen Sie das alles nicht. Der Hesky wird nie so recht ordentlich ausschauen, die Uniform macht viel.«

Anna dachte nach und wog lächelnd die beiden Schicksale ab, wie sie wohl oft schon im stillen getan, doch ehe sie sich entscheiden konnte, vernahm man draußen Schritte, sie legte ernsthaft und Schweigen gebietend den Finger an den Mund und eilte zur Tür hinaus, noch ehe Hesky eintrat. Der begrüßte den seltenen Gast mit alter Herzlichkeit, und rasch war das Gespräch im Gange über alles, was in der Zwischenzeit geschehen. Dieter lenkte die Rede ein paar mal auf die neue, schöne Ordnung der Wohnung und auf Anna, die dies alles so hübsch zustande gebracht und gehalten. Vielleicht wußte sein Schützling doch von ihrer besonderen Zuversicht. Der bestätigte indes immer nur recht gedankenlos, die Anna sei ein ganz tüchtiges Frauenzimmer und halte seine Sachen zusammen, aber in Bälde komme er doch endlich hinaus nach Afrika. Es sei höchste Zeit, daß er wieder reise. Hier könne ihm der ganze Ruhm gestohlen bleiben, denn ein Afrikareisender gehöre eben nach Afrika. So war aus ihm nichts anderes herauszubringen, als was eben in ihm lag: seine ferne Welt, während ihn die nahe vielleicht schon mit Beschlag belegt hatte, ohne daß er es nur merkte. Hesky hörte interessiert von Bellas Krankheit und Unterkunft und verhieß, sie mitzunehmen, wenn er aufbrach.

Dieter aber ging nachdenklich heim: auf ja und nein wird der Doktor Hesky wieder eine Braut haben, diesmal eine, die ihn nicht ausläßt, wenn sie sich für ihn entscheidet und gegen den Wachmann. Es kam nur darauf an, ob ihr Ehrgeiz oder die Uniform am Ende stärker war. Das Schicksal seines Schützlings hing wie von so vielen unbekannten äußeren Mächten jetzt vom Belieben dieser resoluten Person ab. Warnen? Augen öffnen? Warum nicht gar! Man mußte jeden Menschen gehen lassen, den Blinden blind, den

Wissenden wissend. Am Ende war die noch besser, als manche andere. Hatte sie kein Geld, so war sie doch ein kräftiges, wohlbeschaffenes Frauenzimmer und konnte den ungeschickten Träumer wenigstens ordentlich lenken und instandhalten. Irgendwie wurde der Doktor Hesky einmal geheiratet, ob sich Dieter drein mengte oder nicht. Man muß dem Schicksal seinen Lauf gönnen, es weiß schon, was es will. Er würde sich nicht den Mund verbrennen! Und wie ein interessierter Zuschauer beobachtete Dieter das alte, wohlvertraute Spiel, wie sich eine hübsche Figur wendete und drehte, schlau und selbst wieder an unsichtbaren Drähten gezogen, während zwei Mannsbilder, ein strammer Wachmann in Uniform und Österreichs größter Afrikareisender, nichts Arges ahnend, sich um die stattliche Puppe so lange bewegten, bis einer an sie hinfiel und die Komödie aus war, nein, von neuem begann.

Wiederum vergingen etliche Monate, und da hatte sich die Anna für den Afrikareisenden entschieden. Wie dieser aber endlich an die wohlgefällige Puppe hingezogen wurde, machte eine Besonderheit des kleinen Welttheaters aus, durch welche dieses eben seinen Possen und Trauerspielen immer das wunderlich neue Ansehen zu verleihen weiß. Der Doktor Hesky hätte nämlich noch eine ganze Weile sorglos an seine neue Reise denken und das ferne Afrika für näher halten können, als seine künftige Ehegattin, ja nicht im entferntesten sich als Freier vorgestellt, oder sie als Werberin, wäre er nicht von jener unwiderstehlichen Gewalt, die sein äußeres Leben nun einmal bestimmte, eines Tages sich als unwissender Bräutigam und unmittelbar vor dem bürgerlichen Trauhimmel zu finden gedrängt worden.

Eben hatte er sein Frühstück verzehrt und wollte hinunter gehen, sein geliebtes Pferd zum gewohnten Morgenritte zu besteigen, als der Hausverwalter eintrat und ihn um eine kurze Unterredung ersuchte. Hesky hätte ihn am liebsten abgewiesen, da er gerade um diese Zeit, wo ihm seine Ungestörtheit am teuersten war, am wenigsten Lust zu Gesprächen mit fremden Leuten spürte, aber als höflicher Mensch mußte er den Herrn doch anhören, blickte ihn also ziemlich abwesend an und wartete auf das Anliegen. Der Hausverwalter, ein ansehnlicher, hochgewachsener Mann warf sich in seine militärische Positur, denn er war ein ausgedienter Soldat, der zwei Feldzüge mitgemacht hatte und zur Belohnung auf seinen Ruheposten gesetzt worden war. Eine Medaille an der Brust zeigte deutlich, mit wem man die Ehre hatte. Er sprach auch mit der gedrungenen Kürze des Soldaten, dem vorzeiten so viel kommandiert worden ist, daß er jetzt diese Redeweise selbst als eine Art Befehlshaber gebraucht. Zuerst stellte er sich als Mann von Ehre vor, der zwar arm sei, wie jeder wisse, aber ein Herz in der Brust habe und vor den Leuten ein Ansehen genieße, das nicht verletzt werden dürfe. Auch der Ausdruck von einem blanken Ehrenschilde, der nicht zu beflecken sei, kam vor; er kannte ihn wohl von den patriotischen Ansprachen, die das Gefühl der Krieger vor jeder Schlacht heben sollen, so daß alle entschlossen sind, sich niederschießen zu lassen, da Blut bekanntlich den Ehrenschild besonders rein hält. Hesky wußte nicht, warum der Mann gerade ihm diese ernsten Wahrheiten verkündigte, erst als der finster dreinblickende auf seine Würde als Gatte und Vater kam und von seiner Tochter sprach, die er gehütet und in Ehren groß gezogen habe, begann Hesky den schicksalsvollen Zusammenhang zwischen dem Zierstück eines hellen Ehrenschildes und sich selber, einem dunklen Afrikaforscher, entfernt zu ahnen. Endlich machte ihm der Hausverwalter eine unter Männern deutliche, wenn auch peinliche Eröffnung und zog daraus den Schluß, daß derlei in Ehren nur auf eine anständige Weise ausgetragen werden könne, die er ihm nicht erst nahelegen zu müssen hoffe. Dabei klirrte es in seiner Stimme wie von einem unsichtbaren Säbel. So stand Hesky unversehens als unbewußter Freiwerber da, als ein kümmerlicher Bräutigamsrekrut. Wenn die Sache so war? Also die Anna? Der Vater brauchte nicht zu erröten, seine Tochter war ein anständiges Mädchen, er hatte sie in Ehren erzogen, und trotzdem er arm war, konnte sie sich vor jedem sehen lassen. Hesky nickte: ja, ja, denn er wollte nicht noch einmal hören, was der strenge Veterane auch zwei- und dreimal mit wachsendem Nachdruck zu versichern bereit war. Wenn es denn sein mußte, er war zwar nicht darauf vorbereitet, und was die Schuld betraf, wer konnte davon reden, wo eben auf der Welt Männlein und Weiblein sich seit Adam und Eva mit derlei beschäftigten. Auch kam auf eine Männin nicht immer ein Mann, und wer konnte ihm verbürgen, daß gerade er diese Schuld begangen und sie deshalb bezahlen mußte, aber nun war es einmal so gekommen, wie ihm der Vater versicherte, so mochte es denn wahr sein, also ja in Gottesnamen, aber jetzt habe er keine Zeit, er wolle endlich ausreiten.

Ob er alles weitere ihm überlasse, fragte der Verwalter. »Ja, in Dreiteufelsnamen.«

Und da ein ernsthafter Schwiegersohn sogar fluchen darf, wenn er nur heiraten will, lächelte der Alte freundlich, bot seinem künftigen Eidam die Rechte und begab sich gut verrichteter Dinge fort, während Hesky verstimmt nach dem Stalle ging, seinen Hengst bestieg und ausritt. Der schöne Morgen war ihm gründlich verleidet. So wurde, ohne daß Hesky sich weiter um die Angelegenheit kümmerte, die Hochzeit gerüstet, nach Lage der Sache möglichst rasch, während der Bräutigam sich nicht anders betrug, als ein unwilliger Gast, der nicht recht weiß, wie er dazu kommt, die aufgetragene und eingebrockte Suppe auszulöffeln. Dieter wurde als alter Freund und Vertrauter eingeladen, Heskys Trauzeugen abzugeben. Nach der einfachen Feierlichkeit im engsten Kreise sollte es gleich nach Afrika gehen, denn für die neue Reise hatte Hesky längst schon besser vorgesorgt, als für seine Heirat. Seine Ausstattung war aufs ansehnlichste bestellt, seine englische Flinten und Jagdgeräte, Schuhwerk und Kleider aller Art, Meßapparate und Ferngläser, Mikroskope und Präparierzeug, viele Kisten mit Glasperlen und Zinnsoldaten, mit billigen Püppchen und Holzspielwaren zum Tausche, Medizinen und Konserven, kurz was da draußen nötig, nützlich oder angenehm war; auch an Geld mangelte es ihm nicht, das er durch Vorträge und Sammlungen reichlich aufgebracht hatte. Tesař der Zimmermann sollte ihn begleiten, und da es nun einmal nicht anders ging, mochte auch Anna mitkommen, die unerläßliche Gattin, obgleich von ihr so wenig wie möglich gesprochen wurde.

Dieters gelehrter Freund war in diesen vielbeschäftigten Tagen mit allem anderen mehr befaßt, als mit der Vorbereitung für den Ehestand, wich jeder Andeutung des unvermeidlichen Ereignisses aus, wie wenn er es dadurch wegschieben könne, daß er es verschwieg und benahm sich eigentlich so, als warte er auf irgendein günstiges Eingreifen geneigter Götter, die ihn am Ende allein, in eine Wolke gehüllt, dem europäischen Treiben, der Drohung einer lächerlichen und unnützen Verbindung entführen und plötzlich nach Afrika versetzen würden, oder auf sonst welchen glücklichen Zufall, der den Helden vor den Folgen jener Handlungen beschützt, die er nicht in seinen eigentlichen Absichten, sondern als Mann sozusagen im übertragenen Wirkungskreise verübt.

Am Hochzeitstage waren alle im ausgeräumten, nunmehr wieder unwirtlichen Saale des Pavillons versammelt, Dieter hatte seinen alten schwarzen Rock zur Feierlichkeit angelegt und sogar eine weiße Halsbinde umgetan, die zugehörigen Handschuhe behielt er einstweilen im Sack, Tesař der Zimmermann zeigte seine gewohnte strenge Miene, die für jede ernste Angelegenheit schon im voraus paßte, Anna, die Braut, sah in einem einfachen hellen Kleide recht angenehm aus und verriet das unbefangenste, heiterste Wesen und lachte vergnügt, ohne die mindeste Aufregung, Angst oder Befangenheit, als gäbe es auf der ganzen Welt keinen bedrohten Ehrenschild oder sonstige Gefahr. Sie war ihrer Sache sicher und konnte ihren künftigen Mann wohl festhalten, da sie es wollte und sich einmal gegen die Uniform eines Wachmannes und für die Afrikaforschung entschieden hatte. Wie wäre auch dem Weibe eines kühnen Entdeckers ein zimperliches Verhalten angestanden? So ging sie lachend, voll Munterkeit von einem zum andern, schenkte Wein ein und trank den Gästen zu, während der Hausverwalter stramm seine Kriegsmedaille aufwies, die ihm diesen letzten Strauß so wacker bestehen geholfen, recht als ein Sinnbild und Amulett aller vaterländischen und Familienehre. Nur der Bräutigam fehlte, die nicht wohl entbehrliche Person des Tages.

Wo mochte er denn sein? War er ausgeritten? Nein, sein Pferd stand unten im Stalle und fraß ruhig seinen Hafer. Wann war er fortgegangen? Frühmorgens, wie sonst. Er machte doch wohl keine Dummheiten? Es war höchste Zeit, in einer Stunde sollte die Trauung stattfinden. Man mußte in die Kirche fahren. Wo steckte er nur?

Dieter besann sich, daß Hesky ihm letzthin erzählt hatte, er fühle sich in der Mineralogie etwas schwach und studiere jetzt im Naturalienkabinett die hauptsächlichsten Gesteine seines Forschungsgebietes, um sich die nötigen Kenntnisse rasch noch anzueignen. Dort würde er wohl zu finden sein. Dieter sagte nicht, wo er seinen Freund vermute, um ihn nicht vor aller Welt als so gleichgültig und gefühllos zu verraten, sondern verkündete bloß, er glaube zu wissen, wo der Vermißte anzutreffen, werde ihn abholen und gleich in die Kirche mitbringen, man möchte ihn nur dort erwarten. Flugs setzte er sich in einen Einspänner und eilte zum Museum. In der Tat traf er dort in einem einsamen Saal den Doktor Hesky versunken in die unbekümmerte Betrachtung der in den Glasschränken wohlgeordnet ausliegenden mannigfaltigen Steine. »He da, lieber Doktor! Was machen Sie denn hier? Es ist ja die höchste Zeit!« –»Was denn, was gibt's denn?« fuhr der Angeredete aus seinen Gedanken. – »Hochzeit Verehrtester! Sie müssen gleich mitkommen.« – »Ich? Ah! Ist ja gar nicht notwendig. Sie soll allein heiraten.« – »Aber Doktor, jetzt ist's schon einmal so weit, da kann man nichts machen. Ohne Sie geht die Geschichte nicht, zum Heiraten gehören immer zwei!«

»Ich habe doch schon früher ja gesagt. Was soll ich denn jetzt noch dabei. Laßt mich in Ruh, ich habe keine Zeit!«– »Gescheit sein, Freunderl! Es dauert ja nicht lang. Weh tut's auch nicht. Kommen Sie schön mit, nachher können Sie ja wieder hierher zurück!«

Damit nahm er den Unwilligen unter den Arm, der ihn nicht viel anders ansah, als Bella, wie er sie im Spital verlassen hatte: Auch Du? Aber Hesky gehorchte und ließ sich zur Kirche fahren.

Die Trauung, in welche sich der Bräutigam mit einem schmerzlichen Lächeln ergab, wurde rasch beendet, und nachher lud der Schwiegervater die wenigen Gäste zu einem kleinen Imbiß ein, während der Auserwählte sich mit aller Eile entschuldigte, daran nicht teilnehmen zu können, da er wieder ins Naturalienkabinett müßte. Die Zeit drängte, er wollte noch die wichtigsten Studien machen, daher empfahl er sich kurz und ging davon, während die übrigen mit der jungen Frau an der Spitze ein ganz vergnügtes Hochzeitsmahl hielten.

Wenige Wochen später versammelte sich eine weit ansehnlichere Gesellschaft auf dem Bahnhofe, um dem abreisenden Forscher das Ehrengeleite zu geben, da er wieder nach Afrika fuhr, seinem eigenen Wissensdrange zu folgen und die Ehre des Vaterlandes in den unbekannten Ländern des dunklen Erdteiles zu verbreiten, wo dies nur möglich war. Zu diesem Abschied nahm Dieter seinen Jungen mit, denn der Bub sollte die Erinnerung an einen bedeutenden Augenblick, an einen merkwürdigen Mann fürs Leben bewahren. In der eisenüberwölbten weiten Halle wimmelte es von Leuten. Da waren Deputationen aus Heskys engerem Vaterlande, schwarzbefrackte Herren mit verschiedenen Vereinsabzeichen und slawischen Trikoloren, Chaloupka, der Vater der Reisenden darunter, glückstrahlend und stolz auf den zu hohen Ehren emporgestiegenen Schützling, da waren die Professoren der Universitäten, die ihrer

Pflicht genügten und die Stutzer und Narren, die der Eitelkeit entsprechend, nirgends fehlen wollen, wo ein anderer etwas gilt, während sie selber am fremden Ruhm die eigene Stadtbekanntheit aufzuwärmen hoffen. Da waren Damen, schön geputzt und vergnügt, sich bei guter Gelegenheit in allem Glanze zeigen zu dürfen. Man trug Sträuße und Kränze. Mancher hielt eine besondere Gabe bereit, um sie dem verehrten Abreisenden zu widmen. Da war der Herr Unterrichtsminister, gefolgt von seinem unvermeidlichen Präsidialisten, einem schlanken, nach allen Seiten hin ebenso verbindlich wie gefühllos sich verneigenden eleganten Manne, der seinem Chef die nötigen Eingebungen des Augenblicks zuzuflüstern, ihn auf wichtige Persönlichkeiten aufmerksam zu machen, vor etwaigen Verstößen zu warnen die ehrenvolle Ausgabe hatte. Da war der Präsident der ethnographischen Gesellschaft, welcher immerzu jedem, der es hören wollte, versicherte, er hätte niemals geglaubt, daß dieser Hesky wirklich so bedeutende Unternehmungen zustandegebracht. Man müsse den Mann nur daraufhin ansehen, ob ihm derlei etwa zuzutrauen sei. Und schließlich kam sogar eine Hofequipage mit einem Leibjäger angefahren: Der Erzherzog, welcher dazu auserlesen war, alle Bestrebungen der Wissenschaft und Kunst mit höflichen Worten und durch die Tat, das heißt durch seine hohe Anwesenheit zu fördern, hatte es sich nicht nehmen lassen, persönlich dem Abschiede des verdienten Forschers beizuwohnen.

Da gab es nun ein Vorstellen, Verbeugen, Schmeicheln, Lächeln, Redensartenhersagen, Kopfnicken, eifersüchtig Sichvordrängen und unversehens Zurechtgewiesenwerden, ein Zuviel an Wollen und zu wenig an Dürfen, ein Hin und Her, wie eben in der großen Welt immer, wo sie am kleinsten ist. Dieter trat möglichst weit abseits von diesem Trubel, wie es sich gebührt, da er ganz wohl wußte, daß er nicht dazu gehörte und seinen Platz in der geziemenden Entfernung von den Hauptpersonen der Ereignisse mit natürlicher Bescheidenheit einzunehmen verstand. Seinem Sohne aber prägte er die Namen derer ein, die zu merken es sich verlohnte. Endlich trat auch der Gefeierte, Erwartete und Begrüßte ein, Hesky. Und siehe da, am Arme seiner Gattin! Die hatte es aber verstanden! In einem wirklich vornehmen englischen Reisekostüm bewegte sie sich mit ihrer natürlichen Munterkeit und Ungezwungenheit, lachte mit dem blühendsten Mund und den weißen Zähnen, verbeugte sich nach allen Seiten, hatte für jeden den gebührenden Gruß, das rechte Wort. Weiber sind doch gleich in einem fremden Stande zu Hause und brauchen nur die Kleider, um Leute zu sein. Hesky erschien weit ungeschickter. Er trug als an einem warmen Maitage seinen gelben Khakianzug, seinen Tropenhelm und war mit allerhand Dingen beladen, mit einem Photographenapparat, einer Flinte in braunem Leinenfutteral, einer Hutschachtel und einem Pompadour von weiblicher Zugehörigkeit, er sah blaß und aufgeregt drein und wußte nicht, wen er zuerst begrüßen, wem er Zeit widmen, wen er rasch abzuschütteln habe, so daß er ängstlich dahin und dorthin schoß, eine bedeutende Unterredung abbrach, um irgend etwas Nichtiges zu besorgen, oder einen hohen Gönner etwa um einen unbekannten Fahrtanschluß zu befragen. Seine Frau erregte als schönes Zierstück des Tages die Aufmerksamkeit mehr, als er, da der berühmteste Mann nur für die Unsterblichkeit, eine hübsche Dame aber für das bessere sterbliche Teil der Menschen bestimmt ist. So kam es, daß der Herr Unterrichtsminister den braven Doktor wohlwollend mit einer herablassenden Rede kurz abfertigte, um sich dann desto ehrerbietiger der Gattin des Forschers zu widmen, die ihn mit schnippischen Antworten und lustigen Blicken gar rasch in den gewissen Zustand besinnungslosen Anbetungstaumels versetzte, dem alte Herren auch in Amt und Würden sich mit unverantwortlicher Begeisterung überlassen. Auch gegen den Erzherzog, dem sie vorgestellt wurde, benahm sie sich mit der ungezwungensten Liebenswürdigkeit, jeden halben Satz mit einem wohlangebrachten »kaiserliche Hoheit« verzierend, wodurch die natürliche Einfalt ihrer Rede hübsch auf das höfische Maß gebracht war, ohne an Freiheit zu verlieren. Und endlich kam Tesař. Wen schleppte der mühselig nach sich wie ein sich wehrendes und sperrendes Kälbchen? Bella, die kleine Negerin, in einem langen schwarzen Kleide mit einem weißen blumengeschmückten Strohhut und einem tränenüberströmten, elenden Gesichte. Sie war nur mit größter Not herbeizuzerren und stand nun erstaunt, fassungslos in der Menge, die lachend und tuschelnd das neue Wunder des Tages begaffte.

Mitten in dem Getümmel hatte sie plötzlich mit dem sicheren Blicke, den nur die höchste Not verleiht, weit entfernt von allen übrigen, Dieter und seinen Sohn, ihren Spielkameraden bemerkt, riß sich unversehens von Tesař los, zerteilte den Schwarm der Leute mit harten Fäusten und rannte zu dem Buben, klammerte sich an den Erstaunten und begann jämmerlich zu schreien und zu heulen, so daß sich aller Augen mit einemmal auf den bescheidenen Dieter und seinen Knaben richteten.

Mittlerweile näherte sich die Zeit der Abfahrt, schon war das Coupé bereit, alles Gepäck hingeschafft, und es hieß, einsteigen, aber Bella hing an dem erstaunten Knaben fest, und als Dieter ihr zuredete, doch abzulassen und schön brav mitzureisen, brüllte sie ihm laut entgegen und sah ihn dabei aus ihren wilden Augen so entsetzlich an, daß er schwieg. Nichts schien übrig, als sie mit Gewalt zu verladen, aber wie peinlich für die illustre Gesellschaft, einem solchen Auftritte beizuwohnen! Hesky zuckte die Achseln und wußte nicht, was er tun sollte. Da trat seine Frau auf die Gruppe zu und sagte mit ihrer eigentümlichen Bestimmtheit: »So jetzt ist's genug. Du kommst mit. Verstanden?« Bella blickte bei diesen Worten unwillkürlich zu ihr empor, sah sich dann selber beschämt auf dem Fliesenboden zu den Füßen des kleinen Burschen liegen, erhob sich wie ganz verirrt und ließ sich gesenkten Kopfes von der Frau nach dem Waggon führen. Darauf begann das letzte Hüteschwenken, Tücherwehen, Blumenwerfen, Händeschütteln, Umarmen, Sichverbeugen, die tschechische Musikbande, von Chaloupka vorsorglich mitgebracht, intonierte das »Kde domov mui«, und der Zug trug einen Afrikaforscher samt Begleitung und das Negerweibchen davon.

Mancher Tag verging, die kleine Karawane reiste über das engbewohnte Festland hinüber nach Englands starkem Inselreich, in London bestieg man den Dampfer und fuhr über den brausenden Ozean nach Afrika. Endlich betrat man diese Erde. Hesky sah seine zweite fremde Heimat wieder. Bella ihre erste, die ihr feindlich, drohend, verhaßt war, als das Land, das sie schwarz und wild gemacht hatte, während sie unter den vielen weißen Menschen den Traum ihrer Erhöhung zu einem lichten Wesen so innig geträumt hatte, daß sie ihn nie mehr vergessen konnte, wie wenn sie dort erst eine Seele bekommen hätte, der sie nun dienen mußte, was immer ihr Schicksal über sie verhängte.

In Kapstadt wurde die Expedition ausgerüstet. Mit hohem Eifer warb Hesky seine Leute an, er sammelte ein Dutzend Neger aus verschiedenen Stämmen als Träger, Führer, Dolmetsche, bewaffnete sie mit Flinten und freute sich ihrer grinsenden, gutmütigen Mienen, als sei er nun erst wieder unter Menschen, während Bella den freundlichen, ihr entgegenbleckenden Zähnen ihrer Landsleute das eigene blanke Gebiß drohend und verächtlich entgegenstreckte und ihnen die blutrote Zunge wies, als seien es lauter schmutzige Tiere. Zu diesen sollte sie zurück. Wagen wurden aufgerüstet, mit starken Ochsen bespannt, während ein paar tüchtige Pferde Hesky und seine Frau zu tragen bestimmt waren.

Tesař, der Zimmermann, der einzige männliche europäische Begleiter Heskys, fand sich mit dem Gedanken der Expedition nun, da sie unmittelbar bevorstand, nicht so leicht ab, wie in Wien, wo er sich darauf gefreut hatte. Schon die Beschwerden der Meerfahrt, jetzt aber die ganze Drohung des weiten wilden Landes, das sich hinter der Stadt unermeßlich erhob, hatte ihn ängstlich und störrig gemacht. Was war ihm Afrika! Hinter seiner engen, viereckigen Stirne mit den tiefliegenden, starren Augen wohnten andere Wünsche, als die seines Gönners. Er wollte mit aller Zähigkeit, die Leuten seiner Nation und Art eigen ist, hinaufkommen, Geld erwerben, sparen und sei es unter bitteren Entbehrungen. Sich selber aufopfern war ihm nicht schwer, aber nur für sich selbst, und sei es für ein eingebildetes Glück, doch einem fremden Menschen, einer höheren Aufgabe sich zu unterwerfen, die ihm als untergeordnetem Werkzeug weder besondere Ehre, noch die einzige Rechtfertigung reichlichen Gewinnes versprach, schien ihm töricht und lächerlich. Immerhin aber war Heskys Ansehen, der mächtige Wille dieses kleinen, seinem einzigen Ziele unfehlbar zustrebenden Mannes, stark genug, Tesař vorläufig davon abzuhalten, sich jetzt schon, wie er eigentlich gewünscht hätte, von der Unternehmung auszuschließen. Nur setzte sich all der Zweifel, all die unterdrückte Begierde des Abfalles, der ganze Wunsch, wieder sein eigener Herr zu werden, doppelt nachdrücklich in seinem Gehirn fest und gab seinem Gesicht, das ja immer düster und verschlossen dreinsah, einen Zug von verhaltenem Grimm und seinem Benehmen eine zögernde, widerstrebende, unwirsche Art, welche Hesky, der von allen Menschen immer nur voraussetzte, was er von ihnen wünschte, ganz unverständlich blieb. Doch übersah er, was er eben nicht sehen wollte und nicht deuten konnte.

So brach man endlich auf. Alles Gepäck war in den Wagen aufgestaut, und mit Peitschenknallen über den Häuptern der weithörnigen Ochsen ging es davon.

Die Stadt verschwand, man kam an immer vereinzelteren Gehöften und Ansiedelungen vorüber, anstatt Menschen traf man Spuren der mannigfachen Tiere, der Rinder, der flüchtigen Antilopen, der hufklappernden Giraffen, über den Häuptern flatterte das reichliche Gevögel der fremden Erde. Das Wasser wurde kostbar, man dürstete und mußte die verschwiegenen geheimen Pfützen und Löcher suchen, einen lauen, widerlichen Trunk zu finden, sich zufrieden geben, wenn man nach einem Tag der heißen, trostlosen Wanderung in ein kümmerliches Negerdorf kam, von den nackten Eingeborenen umringt wurde, die nach Branntwein schrien und nach den mitgebrachten Schätzen spähten, um zu stehlen, was man nicht schenken wollte.

Hesky spürte nichts von all der Anstrengung, vielmehr fühlte er sich dabei erst wieder frei und glücklich. Jedes Tier, das er schoß, jeder Schmetterling, den er fing, jede neue Pflanzenart belebte seinen Eifer, und seine Frau, die ihm zu gehorchen und mit ihm zu fühlen angewiesen war, wollte sie nicht in der Einsamkeit völlig versinken, fügte sich seinem Drange mit dem natürlichen weiblichen Anempfindungsvermögen, zeigte eine heitere Gefaßtheit und versöhnte ihn mehr und mehr mit der erzwungenen Ehe. Nur Bella und Tesař verschlossen sich zusehends, wie ausgedörrt und verbrannt von trostloser Hitze und Mühsal. Bella lag in einem Plachenwagen und stierte vor sich hin. Hesky hatte ein zierliches Äffchen gefangen, das er mit einer Kette am Fuß an einen Pflock des Wagens fesselte, so daß es nur drei Gliedmaßen frei hatte, mit denen es sich recht possierlich gebärdete, herumsprang und sich flöhte. Dieses Tier trieb gerade vor Bella sein Wesen und beeiferte sich mit seinem Übermut, je mehr es ihr mißfiel, schnitt ihr die lächerlichsten Gesichter, schlich sich in einem unbemerkten Augenblick heran und zog sie an ihrem Lockenschädel, der hier, ungepflegt, allmählich wieder seine angestammte Art annahm, stahl ihr den Bissen vom Munde weg, und was so die Weise eines Affen ist. Eines

Abends erwürgte sie ihn. Als Hesky den munteren kleinen Gast am nächsten Morgen tot alle viere von sich strecken sah und die Spuren der Erdroßlung bemerkte, die auf Bellas Haß leicht zurückzuführen war, vollzog er eine landesübliche Exekution auf dem Rücken der Negerkönigstochter, die schon lange derlei nicht gefühlt haben mochte, nahm ihr die europäische Kleidung weg, die sie eifersüchtig trotz der großen Hitze gewahrt hatte und gab ihr den verhaßten Schurz, den sie mit einem bösen Blick, nur unter den Schlägen geduckt, umtat. Am Abend dieses schlimmen Tages lagerte man im Freien. Man war vor der Rast einem Trupp von Elfenbeinhändlern begegnet, welche nach Kapstadt zurückkehren wollten. Beim Lagerfeuer erzählte Hesky, wie diese Leute reich wurden durch den geschicktesten und unverschämtesten Warentausch, wie sie ungeachtet aller Verbote das kostbare Tier auszurotten drohten, das von den afrikanischen Königen als höchster Schatz immer sorgfältiger geschützt werde, je mehr die Zähne im Preise stiegen, ebenso verfuhren diese Händler mit den Straußen und mit andern Naturprodukten des Landes, während sie den Eingeborenen Europas Fluch: den Branntwein zuführten und sie dadurch verdarben und jeder Möglichkeit der Gesittung und Entwicklung für immer entfremdeten.

Unter diesen Gesprächen waren sie müde geworden, Hesky und seine Gattin zogen sich in ihr Zelt zurück, die Neger wickelten sich in ihre Decken und schliefen unter freiem Himmel ein, während die Ochsen und Pferde innerhalb der Wagenvierecke eingepfercht waren. In weiter Ferne erschollen die hungrigen Rufe der freien Tierherden, in den Zweigen raschelte es nur zuzeiten von einem erschreckten Vogel, über den Häuptern aber zogen die hellen Wolken des afrikanischen Nachthimmels in unablässigem Kommen und Gehen einher.

Da richtete sich Tesař leise auf, nahm seine Flinte und Patronentasche, einen Rucksack mit seinen Habseligkeiten und beschloß, sich davonzumachen. Er wollte die Elfenbeinhändler aufsuchen. Er hatte ein hübsches Stück Geld zusammengespart, warum sollte er nicht wie diese Leute zu reichlichem Gewinn kommen, anstatt als untergeordneter Begleiter mit diesem Narren in die weite, wüste, dürre Welt zu wandern. So machte er sich, wie er glaubte, unbemerkt davon.

Aber zwei glühende Augen waren ihm gefolgt. Bella hatte ihn gleich erraten. Nackt und geräuschlos schlich sie ihm nach durch die unwegsame Nacht, in der sie doch zu Hause war, als in ihrer unwillkommenen Heimat. Er hörte sie nicht, schritt über Stock und Stein, rüstig, aller Gefahren nicht achtend, das Gewehr schußbereit unterm Arm, vor jedem krachenden Zweig, vor jedem verlorenen Vogelruf erschreckend, während Bella, wenn er an eine Lichtung kam, sich unter einem Baumschatten duckte und hinter ihm hielt wie nach einem schützenden Stern, der sie ihrem Los allein entführen konnte, denn sie wußte nichts anderes, als daß sie den Tod der Rückkehr in die verhaßte Heimat ihres Stammes vorzog.

Als er nach vielen Stunden schon bei Anbruch der Dämmerung sich ermüdet zu Boden warf, um zu ruhen, rief sie ihn leise an. Erschreckt spannte er den Hahn, sie aber sprang vor seine Füße und flehte ihn an. Da verstand er ihre entsetzte bittende Gebärde, und ein wildes Lächeln ging über seine Züge. Das nackte Weib mit dem vollen, dunklen, glänzenden Körper umfaßte ihn mit der ganzen Kraft ihrer Demut, ihres törichten Wunsches, als den einzigen, der sie jetzt noch erlösen konnte, und dem sie sich als dem letzten Erretter darbot, denn anders als wieder in der Knechtschaft ihre Befreiung zu erblicken, wußte sie freilich nicht, die als Kind der Sklavenrasse geboren, ihr ewig zugehörte.

Er aber sah sie eigentümlich, zugleich drohend und bezwungen, als Herr und wieder als Unterliegender an und zog sie zu sich.

Demutig schmiegte sie sich an ihn und flüsterte: »Mach du mich weiß.«

Nach dieser Nacht wanderten die beiden davon und verschwanden in der weiten Welt.

Über tredition

Eigenes Buch veröffentlichen

tredition wurde 2006 in Hamburg gegründet und hat seither mehrere tausend Buchtitel veröffentlicht. Autoren veröffentlichen in wenigen leichten Schritten gedruckte Bücher, e-Books und audio-Books. tredition hat das Ziel, die beste und fairste Veröffentlichungsmöglichkeit für Autoren zu bieten.

tredition wurde mit der Erkenntnis gegründet, dass nur etwa jedes 200. bei Verlagen eingereichte Manuskript veröffentlicht wird. Dabei hat jedes Buch seinen Markt, also seine Leser. tredition sorgt dafür, dass für jedes Buch die Leserschaft auch erreicht wird.

Im einzigartigen Literatur-Netzwerk von tredition bieten zahlreiche Literatur-Partner (das sind Lektoren, Übersetzer, Hörbuchsprecher und Illustratoren) ihre Dienstleistung an, um Manuskripte zu verbessern oder die Vielfalt zu erhöhen. Autoren vereinbaren direkt mit den Literatur-Partnern die Konditionen ihrer Zusammenarbeit und partizipieren gemeinsam am Erfolg des Buches.

Das gesamte Verlagsprogramm von tredition ist bei allen stationären Buchhandlungen und Online-Buchhändlern wie z. B. Amazon erhältlich. e-Books stehen bei den führenden Online-Portalen (z. B. iBookstore von Apple oder Kindle von Amazon) zum Verkauf.

Einfach leicht ein Buch veröffentlichen: **www.tredition.de**

Eigene Buchreihe oder eigenen Verlag gründen

Seit 2009 bietet tredition sein Verlagskonzept auch als sogenanntes "White-Label" an. Das bedeutet, dass andere Unternehmen, Institutionen und Personen risikofrei und unkompliziert selbst zum Herausgeber von Büchern und Buchreihen unter eigener Marke werden können. tredition übernimmt dabei das komplette Herstellungs- und Distributionsrisiko.

Zahlreiche Zeitschriften-, Zeitungs- und Buchverlage, Universitäten, Forschungseinrichtungen u.v.m. nutzen diese Dienstleistung von tredition, um unter eigener Marke ohne Risiko Bücher zu verlegen.

Alle Informationen im Internet: **www.tredition.de/fuer-verlage**

tredition wurde mit mehreren Innovationspreisen ausgezeichnet, u. a. mit dem Webfuture Award und dem Innovationspreis der Buch Digitale.

tredition ist Mitglied im Börsenverein des Deutschen Buchhandels.

Dieses Werk elektronisch lesen

Dieses Werk ist Teil der Gutenberg-DE Edition DVD. Diese enthält das komplette Archiv des Projekt Gutenberg-DE. Die DVD ist im Internet erhältlich auf **http://gutenbergshop.abc.de**